청소년을 위한
친절한 글쓰기 수업

# 청소년을 위한
# 친절한 글쓰기 수업

초판 1쇄 펴낸날 2014년 10월 20일

지은이 | 이창기

발행인 | 이종근
편집 | 김은경  디자인 | 안수진
마케팅 | 이종근

펴낸곳 | 하늘아래
주소 | 서울시 종로구 이화장1가길 6 부광빌딩 402호
전화 | 02-374-3531  팩스 | 02-374-3532
전자우편 | haneulbook@naver.com
등록번호 | 제300-2006-23호

ISBN 978-89-89897-92-7 (03800)
Copyright ⓒ 2014, 이창기

값 13,000원

청소년을 위한

# 친절한 글쓰기 수업

이창기 지음

하늘아래

나는 꿈에 초등학교 교실에서 작문을 짓기 위해 견해를 세우는 방법을 물었다.

"어려운 일이구나."

선생님은 안경테 너머로 나를 흘끔 바라보면서 말했다.

"내가 이야기를 하나 들려주마."

어떤 집에서 귀한 아들을 낳고 온 집안이 기쁨에 들떠 있었단다. 그러던 중에 달이 차서 어린 아들을 안고 나와 손님들에게 보여주었단다. 물론 축하의 말을 듣겠다는 뜻에서 그랬겠지. 그러자 한 사람은 '이 아이는 장차 부자가 되겠구려'라고 말해서 고맙다는 말을 들었지. 그리고 또 한 사람은 '이 아이는 장래에 벼슬을 하겠구려'라고 말해서 치하를 받았지. 그런데 어떤 사람이 '이 아이는 앞으로 죽겠구려'라고 말해서 모두에게 되게 얻어맞았단다.

"죽을 것이라고 한 것은 당연한 말이고, 부귀를 누리겠다고 한 것은 틀린 말일 수도 있는 거지. 하지만 틀릴 수도 있는 말을 한 사람은 대접을 받고 당연한 말을 한 사람은 매를 맞았단 말이야. 그러니 너는 ……."

"저는 틀릴 수 있는 말도 하지 않고 매도 맞지 않으려고 합니다. 그러려면 선생님, 저는 어떻게 말해야 합니까."

"그러면 너는 이렇게 말해야 할 것이다. '아아! 이 애는 정말! 이걸 봐요! 얼마나? 아이고! 하하! Hehe! eh, hehehehe.'"

— 노신, 「견해를 세우는 방법」

# 차례 ▮ CONTENTS

이 책은 학생들의 수사학 교육을 위한 평범한 주석적 개론서이자 하나의 시론(試論)입니다. 따라서 이 책은 개론서로서 양해될 수 있는 일반화라는 특성과 시론으로서 허용될 수 있는 단연함을 충분히 누리고 있습니다.

개론서와 시론이라는 서로 다른 성격이 동시에 한 권의 책 안에 자리잡게 된 데에는, 수사학이라는 학문의 체계가 아리스토텔레스로 거슬러 올라갈 만큼 오랜 역사와 불변의 기능을 지니고 있음에도 불구하고, 우리에게는 최근에 들어서야 뜻 있는 학자들에 의해 연구서와 번역서가 소개될 만큼 형편이 궁색하여, 상호 보완적인 측면에서 부득이 이 모두를 동시에 만족시켜야 했기 때문입니다.

사정은 다르겠지만, 롤랑 바르트가 수사학의 역사를 정리하면서 토로했던 말처럼, 만일 이런 정도의 학생들을 위한 수사학 개론서가 한 권이라도 소개되었다면, 나 역시 이처럼 주제넘고, 벅찬 일은 하지 않았을 것입니다.

그러나 내 모교인 서울예대 문예창작과에서의 지난 3년 동안의 강의는 나에게 뜻하지 않게 해볼 만하다고 여겨지는 숙제들을 안겨 주었습니다. 그리고 그 숙제에 대한 중압감은 내가 서울 생활을 접고 시골로 내려온 뒤로도 계속해서 책을 읽고 내 자신의 생각을 정리하도록 끈질기게 부추겼습니다. 이것이 교육 전문가가 아니면서 이 책을 쓰게 된 나름의 이유입니다.

수사학은 고대에 이미 세 영역 곧, 창안Inventio과 구성Dispositino, 표현Elocutio으로 구분되었습니다. 창안이란 논거를 찾아내는 기술을 말합니다. 여기에는 무엇을 말할 것인가, 무엇이 문제인가 따위의 질문을 안고 있으므로, 곧 "그것에 대해 어떻게 말할 것인가"라는 말로 모아질 수 있습니다.

구성은 담론의 일관성을 유지시켜주는 기술이라고 설명할 수 있습니다. 쉬운 예로, 서론, 본론, 결론의 구성이 바로 여기에서 유래된 것입니다. 표현은 말하기와 쓰기의 기술을 말합니다. 오늘날 단순히 수사법으로 일컬어지는 많은 방법들(비유와 문체 등)이 여기에 해당합니다.

이 세 영역 중에 우리에게 가장 낯선 것이 바로 창안입니다. 창안은 16세기 이래 줄곧 논리학의 분야에 포함되어 있었습니다. 그러나 수사학의 창시자라고 일컬을 수 있는 아리스토텔레스는 일찍이 "그것에 대해 어떻게 말할 것인가"라는 문제는 논리적 차원이 아닌 수사적 차원에 속하는 문제로 분류했습니다.

이 책은 이 창안의 영역 중에서도 특히 일반 논점Common Topics 이라는 하나의 하위 개념에 주목해 설명했습니다. 왜냐하면 이 부분이야말로 글을 쓰는 사람에게 가장 취약한, 그래서 가장 우선적으로 익혀야 할 영역이라고 판단했기 때문입니다.

오늘날의 수사학자들은 다양한 목적과 방법론을 가지고 이 논점의 범주를 구분하고 설명하고 있습니다. 이 책은 그 가운데 에드워드 코베트의 범주를 기본으로 삼았으며, 부분적으로 다른 범주의 영역을 추가했습니다. 이 같이 판단한 데에는, 그의 구분이 완전해서라기보다 쉽게 납득할 수 있고, 그럼으로써 실제적인 보탬이 될 수 있으리라는 기대 때문입니다.

알게 모르게, 기왕에 저술된 여러 책에서 잘 요약된 표현이나 예문을 빌려왔지만, 일반적으로 널리 알려진 예문의 경우에는 그 출처를 낱낱이 밝히지 않았습니다. 뒤에 밝힌 참고 도서는 여러분들을 보다 더 상세하고 깊이 있는 세계로 이끌 것입니다.

전혀 새롭다고 할 수는 없겠지만, 수사학 교육에 관한 하나의 제안이자 주석인 이 책이, 자신의 생각을 진전시키고 그 생각의 경로를 글로 옮기거나 타인을 설득시켜야 하는 데에 익숙하지 않은 많은 사람들에게, 하룻밤을 지낼 만한 한 무더기의 땔감은 될 수 있으리라는 기대만은 굳이 감추지 않겠습니다.

장 궤에노라는 프랑스 사람은, "스무 살 때야말로 세상에 대한 판단을 가장 잘 내릴 수 있는 시기이며, 그 후의 지혜로움이란, 그때의 사랑을 자기 자신 안에 잘 간직하고 있느냐에 달려 있다."고 말했습니다. 그 스무 살의 머리맡에 이 책을 좋아주고 싶습니다. 그들이 어떤 얼굴로 새로운 새벽을 맞을 것인지를 떠올리는 것만으로도 나의 미흡한 수고에 관한 보상은 이미 차고 넘칩니다.

가을, 장호원에서

이창기

자신이
사용한 말의
뜻을
정의하라

# 📝 어째서 외설논쟁은 계속되는가

　오래 전에, 『즐거운 사라』의 작가인 마광수 교수가 음란 출판물에 관한 법률 위반 혐의로 구속 기소되어 집행 유예 판결을 받은 데 이어, 소설가 장정일 역시 같은 혐의로 검찰에 기소되어 커다란 사회문제가 된 적이 있습니다.

　작가의 자유로운 창작의 권리를 보장해야 한다는 주장과 상업성을 노린 외설 출판물로부터 청소년을 보호해야 한다는 주장이 맞선 이 재판은, 인류의 역사를 돌이켜보건대 앞으로도 계속 되풀이될 것이 틀림없습니다.

　또 한 교사이자 화가가 자신의 인터넷 홈페이지에 자신의 아내의 누드 사진 작품을 게재했다가 학부모와 학교 측의 요구에 의해 사진이 삭제되었고, 재판으로 이어진 적이 있습니다. 그는 자신의 사진 작품을 바라본 사회의 '음란한 시선'을 비판하고, 또 실체가 불분명한 '통념'을 기준으로 특정 표현을 처벌할 수 있다고 믿는 위험성을 지적했지만, 검찰과 정보통신윤리위원회 그리고 교육청은 그 사진을 음란물로 간주했습니다.

과연 이 외설 논쟁의 결말은 있는 것일까요? 다음은 이 논쟁의 비교적 오래된 예가 될 것입니다.

1959년, D.H 로렌스의 『채털리 부인의 사랑』을 출판한 영국의 〈펭귄북스〉란 출판사는 1960년 10월, 외설 서적에 관한 법률 위반 혐의로 검찰에 기소되었습니다. 이 재판에서 비롯된 다음과 같은 물음은 검찰 측과 변호인 모두에게 성패를 건 매우 중요한 쟁점이었습니다.

- 〈펭귄북스〉는 어떤 이유에서 이 법률을 위반하게 되었는가
- 외설물의 출판에 의해 기소되었는가
- 이 법정에서 사용한 외설 서적이란 무엇을 말하는가
- 만일 외설 서적이 그것을 읽는 사람을 부패하고 타락하게 만드는 경향이 있다면 그 부패와 타락의 의미는 무엇인가
- 또 부패하거나 타락한 것 같다는 결정은 누가 내리는가
- 그리고 만일 『채털리 부인의 사랑』이 출판물에 관한 법률에 저촉된다면, 과학과 문학, 예술 또는 학습에 관한 흥미 있는 책들이 외설의 비난에서 벗어날 수 있는 기준은 마련되어 있는가

재판을 할 때 논증의 초점을 정의하는 것은 절대적으로 필요한

사항입니다. 따라서 정의에 관한 의문, 곧 '외설 서적'이란 무엇을 말하며, '부패와 타락'이란 의미는 무엇인가 같은 모든 의문은 재판의 심리에서 대단히 중요하고 따라서 가장 먼저 제기되고 해결해야 할 문제입니다. 우리는 이 의문들을 해결하기 위해 얼마나 많은 말들이 동원되어야 하는지 쉽게 상상할 수 있습니다.

그러나 논증에서 정의의 문제는 비단 재판에만 한정되지 않습니다. 예를 들기 민망할 정도로, 어떤 논쟁에서 논점을 명확하게 설정하지 않은 토론자들이 상대편의 의견이나 질의와 전혀 상관없는 엉뚱한 주장을 펴는 경우를 우리는 종종 보아 왔습니다. 그 가운데 논쟁을 벌이는 양쪽이 어떤 말을 서로 다른 뜻으로 사용하고 있으면서도 그런 사실을 미처 깨닫지 못하는 경우도 있습니다. 잘 알려진 한 예를 들어보지요.

## ✏ 끝나지 않은 언쟁들

모든 인간은 평등하다, 평등하지 않다는 서로 다른 두 주장을 펴는 사람들의 입장을 들어봅시다.

"인간은 평등하지 않다. 사람들은 서로 다른 인격과 능력을 가지고 태어난다. 어떤 사람은 정직하지 않고, 어떤 사람은 자신의 의견을 제대로 말할 수 있는 능력조차 가지지 못했다. 힘으로 자기의 주장을 관철하는 사람이 있는가 하면, 타인의 힘에 의해 억압받는 사람도 있다. 인간이 평등하다는 것은 터무니없는 말이다."

"모든 인간은 평등하다. 어느 누구도 자신이 다른 사람보다 더 낫다고 생각할 권리는 없다. 인종이나 종교, 사회적 신분 때문에 차별을 받아서는 안 된다. 모든 사람은 평등한 기회를 가져야 하며, 피부색이 다르고 종교가 다르다는 점 때문에 고통받아서는 안 된다. 모든 사람들은 평등하다는 주장은 민주주의의 기초이며, 나는 그 주장에 전적으로 동의한다."

이 두 입장 사이의 문제는 서로의 의견이 다르다는 데에 있지 않습니다. 겉으로 보기에는 인간은 평등한가 그렇지 않은가를 따지는 논쟁처럼 여겨지지만, 그들은 서로 다른 것을 하나의 용어로 주장하고 있을 뿐입니다. 그러니까 두 입장이 모두 '평등'이란 말을 사용하고 있지만, 그들은 자신들이 사용한 '평등'이란 말에 공통된 이해를 가지지 않고 서로 다른 의미로 사용하고 있다는 데에 문제가 있습니다.

앞서 말한 사람은 '평등'이란 말을 '동일한 조건'으로 이해하고 있습니다. 그는 인간은 똑같은 크기, 형태, 육체적 힘, 능력을 갖고 있지 않다는 점에서 인간은 평등하지 않다고 주장합니다. 그가 말하는 불평등은 인간은 동일한 조건 속에 있지 않다는 것입니다.

그러나 후자가 말한 '평등'이란 말에는 '동일한 기회'라는 뜻이 담겨 있습니다. 모든 인간은 육체적 · 정신적으로 서로 다르다고 할지라도 동일한 기회가 주어져야 한다고 주장하고 있는 것입니다. 그의 평등은 인간에게는 동일한 기회가 주어져야 한다는 것입니다.

따라서 이 두 입장이 일치하지 않는 것은 서로의 견해가 다르기 때문이 아닙니다. 인간이 평등하지 않다고 말하는 것은 모든 인간은 동등한 기회를 가져야 한다는 것을 부인하는 것이 아니며, 인간은 평등하다는 주장은 모든 인간이 동일한 조건 속에 있지 않다는 것을 부인하는 것이 아니기 때문입니다. 이 두 입장의 차이는 단지 평등이라는 용어를 서로 다른 뜻으로 사용한 데서 비롯된 오해이지 진정한 견해의 차이는 아닙니다.

물론 언쟁에 휩싸여 있는 당사자들에게 당신들이 사용하는 용어에는 여러 가지 뜻이 있을 수 있으니 이를 주의 깊게 정의하고 논쟁하라고 충고하는 것은 현실적으로 어려운 일임에 틀림없습니다.

아주 이성적인 논쟁의 당사자들이라 할지라도 대개 사실과 가치에 대한 의견 차이, 그러니까 어느 것이 더 중요한가, 어느 것을 더 선호하는가 하는 중요성과 취향의 문제가 뒤섞여 있기 때문에, 의견의 불일치를 가져온 한 원인을 제거했다고 하더라도 쉽게 합의에 이르기는 어렵습니다.

증명과 달리(적어서 이상적으로는) 논증은 절대적이지 않으며, 반박할 수 있기 때문입니다. 따라서 하나의 논증은 다른 논증보다 더 타당하거나 덜 타당할 뿐입니다.

그러나 적어도 논쟁의 당사자들이 서로의 견해 차이를 드러내는 데에 만족하지 않고 가치관의 차이를 조정하여 협상이나 타협에 이르기를 원한다면, 자신들이 사용하는 용어의 공통된 이해 없이 논쟁의 해결을 기대하는 것만큼 비현실적인 일은 없습니다.

　논쟁의 당사자들이 핵심 용어를 서로 다른 뜻으로 이해하고 있다면, 문제는 간단합니다. 서로 다르게 이해하는 핵심 용어를 가려낸 뒤 서로가 이해하는 방식을 밝히고, 이를 조정하여 합의한 다음에 수정된 용어나 또는 새로운 용어를 사용하면 되기 때문입니다.

## 🖊 애매한 말, 모호한 말

'평등'이란 말뿐만 아니라 '민주주의', '해방', '자유' 같은 용어들도 잘못 사용하면 논쟁을 부추기는 요인이 될 수 있습니다. 하나의 단어가 여러 가지의 의미로 해석될 수 있기 때문입니다. 또한 '괜찮다', '간단한' 같은 말들도 잘못하면 언쟁을 유발시킬 수 있습니다.

아내가 생일을 맞은 남편을 위해 빨간 넥타이를 선물로 준비했습니다. 언젠가 백화점에 걸린 빨간 넥타이를 보고 어떠냐고 물었을 때 남편이 "괜찮은데." 하고 말했기 때문입니다. 그러나 정작 빨간 넥타이를 받아든 남편은 썩 기쁜 표정이 아니었습니다. 아내는 남편의 말을 '마음에 든다.'는 뜻으로 읽은 반면, 남편은 '그럭저럭하다'는 뜻으로 말했기 때문입니다.

'간단한' 식사라는 말도 우리가 흔히 쓰는 말이지만, 다음과 같은 여러 가지 뜻으로 쓰일 수 있음을 C.S. 루이스는 『말에 관한 연구』에서 지적하고 있습니다.

- 준비하기 쉬운 식사
- 화려하거나 값이 비싸지 않고 많은 공을 들이지 않은 검소한 식사
- 여러 가지 재료를 섞어서 만든 것이 아니라 몇 가지 간단한 재료로 만든 식사

하나의 단어가 너무 적은 의미를 가졌기 때문에 오히려 그 말이 뜻하는 바가 많을 수 있다는 것입니다. 이처럼 애매모호한 단어를 사용하거나 받아들일 때에는 주의를 기울여야 합니다. 의사 소통에 실패할 수 있기 때문입니다.

일상적으로는 애매하다는 것과 모호하다는 말을 서로 바꾸어서 사용하기도 하지만, 애매하다는 것과 모호하다는 것은 다릅니다. 애매하다는 말은 '평등'이나 '민주주의'처럼 너무 많은 의미를 가진 말을 의미하며, 모호하다는 것은 '괜찮다'처럼 너무 적은 의미를 가진 용어를 의미합니다.

말의 애매성 때문에 생기는 의사 소통의 문제는 단어에만 국한되지 않습니다. 라이오넬 루비는 이를 네 가지 유형으로 구분하여 설명합니다. 곧 단어의 애매성과 문장의 애매성, 강조의 애매성, 취지의 애매성이 그것입니다.

한 단어가 애매한지의 여부는 '예'와 '아니오'로 대답될 수 있는

가에 따라 결정될 수 있습니다. 만일 대답이 그럴 수도 있고 아닐 수도 있다면 그것은 애매한 단어입니다. 문법적인 구조상 둘 이상의 방식으로 이해될 수 있는 문장, 또는 무엇을 강조하느냐에 따라 의미가 달라지는 문장도 정확한 의사 소통을 방해합니다. 별 뜻도 아닌 말도 그가 왜 이 시점에서 그런 말을 했는지 의아스럽다면 그 말도 애매성을 강화합니다.

그렇다고 애매모호한 말들이 늘 바람직하지 못한 것은 아닙니다. 때로는 그것만으로도 충분히 의사를 전달할 수 있기 때문입니다. 다만 사실을 기록하려 하거나, 무엇인가를 논증하거나, 누군가를 설득하려 할 때 애매하거나 모호한 말들이 적절하지 않다는 것입니다.

우리는 종종 다음과 같은 문장을 봅니다. "여기서 내가 말하는 민주주의란 어쩌고 저쩌고를 의미하는 것이다." 이 사람은 모름지기 민주주의에 대해 자기의 주장을 펴려는 사람입니다. 그러기 위해서 먼저 민주주의에 대한 자신의 생각을 정의하고 있는 것입니다.

정의는 한 과제에 대한 자신의 생각을 요약에 의해 표명하는 한 방법입니다. 이 방법은 논증해야 할 특별한 쟁점을 확실하게 해준다는 점에서 쓸모가 있습니다. 그러므로 논제가 정해지면 우리가 논증하려는 것에 대해 독자나 청중들에게 명확하게 이해시키기 위해서 주제를 발의할 때 사용된 주요 용어들을 먼저 정의할 필요

가 있습니다. 자, 이때 사람들의 머리를 스치는 그 용어에 관례적
으로 정의된 의미, 곧 사전의 정의입니다.

## 📖 사전의 뜻풀이는 완전한가

사람들은 우선 사전에 적힌 정의를 인용하여 그들에게 주어진 문제를 풀어나갈 것입니다. "두껍고 믿을 만한 사전에 보면 어쩌고 저쩌고……."

어떤 사람들은 문제의 실마리를 풀 간단하고 친절한 해결사의 도움을 얻었다는 사실에 안도할지 모르지만, 대부분의 사람들은 자신의 논술의 맨 앞에 놓이는 "사전에 따르면"과 같은 형식의 글이 기대한 만큼의 유용한 실마리를 제공하지 않는다는 사실을 일찍이 경험한 바 있습니다.

왜 그럴까요? 여기서 우리는 크게 두 가지 문제를 지적할 수 있습니다.

첫째로 사전이란 교과서와 같은 유용한 교육적 텍스트의 일종입니다. 따라서 사전은 독자가 필요로 하는 정보를 담고 있으며, 이를 쉽게 찾아볼 수 있도록 독특한 구성 체계를 가지고 있습니다. 다만 여기서 학생들이 유념해야 할 것은 사전이란 순수한 과학적인 텍스트와는 달리 규범적인 성격이 매우 강하다는 것입니다.

사전은 사전에 서술된 낱말의 발음이나 뜻을 어떻게 사용해야 한다는 용례를 지시하는 데에 그 목적이 있습니다. 그러므로 사전은 독자에게 단순히 정보를 제공하는 데에 만족하지 않고 그 정보에 따라 행동하고 따를 것을 요구합니다.

이 같은 사전의 규범으로서의 기능은 당연히 그 사회에 내재한 주도적인 이데올로기를 반영하며, 아울러 기득권을 가진 집단의 이익을 위해 헌신하며 그들에 의해 묵인된 생각을 대변합니다. 이 점을 인식하지 못한 채 사전의 뜻풀이를 마치 의심해서는 안 되는 공리(公理)쯤으로 여긴다면 이를 토대로 한 논증의 방향은 지극히 평범하고 획일적인 내용을 담게 될 것은 자명합니다.

두 번째는 사전에 담긴 의미 정보의 유형입니다. 의미 정보는 흔히 정의의 형태로 제시되는데, 그 까닭은 개념의 뜻이 여러 가지로 해석될 수 있거나 모호하고 생각의 통일과 교환이 곤란해지는 것을 막기 위해서입니다. 그럼데도 불구하고 사전에서의 정의의 유형은 규범으로서의 기능보다 더 구체적으로 우리의 기대를 배반합니다.

사전에서의 정의의 유형은 크게 둘로 나눌 수 있습니다. 첫째는 표제어를 다른 단어를 참조하여 정의하는 방법으로, 언어적 정의라고도 불립니다. 이 유형은 정의의 대상이 된 표제어와 동의(同義) 관계나 반의(反義) 관계가 성립할 수 있는 낱말이나 표현을 제시함으로써 정의를 대신합니다.

비판 【비: 판】 명 1. 비평하여 판단함

　　　　　　　 2. 사물의 좋고 나쁨, 옳고 그름을 따져 말함

비평 【비: 평】 명 사물의 좋고 나쁨, 옳고 그름을 평가함

비공개 【비: 공개】 명 공개하지 않음

무지 【무지】 명 아는 바나 지식이 없음(동아 새국어사전)

이 언어적 정의는 기대했던 만큼의 개념에 대한 지식을 더 해주지는 않습니다. 다만 사용자에게 개념을 이해시키는 데에 걸리는 시간을 절약하게 하고, 복잡한 설명을 피해 간단하고 명확하게 한다는 점에서 경제적이라는 특징을 지닙니다.

그러나 아시다시피 동의어를 사용한 정의는 같은 말을 되풀이하는 순환론적인 오류를 범할 수 있습니다. 곧 정의에 동원된 낱말이 표제어를 구성할 때 정의의 대상이 되었던 낱말을 다시 정의에 동원하게 된다는 것입니다.

이것은 대개 한 사전에 정의의 대상이 된 모든 낱말은 그 사전에 수록된 낱말에만 의거하여 정의해야 한다는 사전의 폐쇄적인 성격에 기인합니다. 부정이나 대립을 나타내는 표현에 의한 반의어를 사용한 정의 역시 동의어를 사용한 정의와 같은 문제점을 가

지고 있습니다.

두 번째는 논리적인 정의입니다. 표제어를 X라고 한다면, X=Y+Z의 형식으로 표시되는 것이 논리적 정의입니다. 이때 Y는 X가 속한 상위의 총칭 개념을 지칭하는 단어이고, Z는 X를 Y에 포함되는 여타 하위 개념과 구분시켜 주는 의미 특징을 나타냅니다. 이를 다른 말로 바꾸면,

정의 = 유개념 + 종차

라는 공식으로 설명할 수 있습니다. 조금 어려워지는 듯하지만, 예를 들면 쉽게 이해가 될 것입니다.

생산품 【생산품】 🄬 생산되는 물건

대추 【대: 추】 🄬 대추나무의 열매

조종석 【조종석】 🄬 조종사가 앉는 자리(동아 새국어사전)

'대추'가 '대추나무'에 속한다는 점에서 '대추나무'는 '대추'의 유개념이며, '열매'는 잎이나 가지처럼 다른 개념과 구별되는 특이점 즉 종차(種差)입니다. 논리적인 정의는 분석을 통해 개념의 성질과 내용을 드러내는 데에 효과적이며, 이 정의는 참이나 거짓 중에

하나입니다. 그러나 '의미 정보'를 제공한다는 사전 본래의 취지에
어느 정도의 효과를 드러내는지에 대해서는 의문이 남지요.

다음에 인용한 에즈라 파운드의 독설은 논리적 정의에 대한 맹
점을 날카롭게 지적하고 있습니다.

"유럽에서는 어떤 사람에게 무엇을 정의하라고 요청하면, 그
의 정의는 항상 그가 완전히 잘 알고 있는 단순한 것들로부터 멀
어져가서 미지의 영역으로 피해 들어간다. 그것은 점점 멀어져 가
는 추상의 영역이다. 따라서 빨강이 뭐냐고 물으면 그것은 하나의
'색'이라고 대답한다. 색이란 무엇인가 하고 물으면, 그것은 빛의
진동 또는 빛의 반사, 또는 스펙트럼의 일부라고 대답한다. 그래
서 진동이 무엇이냐고 물으면, 그것은 에너지의 한 형태라든가 그
와 비슷한 것이라고 대답한다. 결국에 가서는 존재라든가 비존재
라는 양상에 도달한다. 여하튼 자신도 모르고 상대방도 모르는 어
떤 깊이 속에 빠져들고 만다."[*]

---

[*] 에즈라 파운드, 『현대 시학 입문』, 이덕형 옮김(문예출판사, 1984), 13~14쪽

## 🖊 과학의 정의는 완전한가

우리는 앞에서 과학자들 역시 언어의 도움 없이는 자신의 연구 결과를 드러내지 못한다는 말을 했습니다. 물론 이 때의 언어는 두말할 것 없이 이성적이고 논리적인 언어이지만, 문제는 그들이 논증을 위해 숫자나 기호 같은 인공 언어가 아니라 자연 언어를 사용한다는 데에 있습니다.

자연 언어로서의 논증은 필연적으로 준논리성, 곧 절대적이지 않으며 반박될 수 있다는 특징을 갖고 있습니다. 자연 언어의 비과학적인 성격이 자연 언어로 된 과학의 성과를 의심 가능한 것으로 만들고 있다는 것입니다. 이에 대한 과학자들의 회의는 새로운 일이 아닙니다. 회의론자들은 과학자들은 종종 과학이라는 이름 아래 개념을 실제와 혼동하며, 그것의 고유한 영역을 넘어서 사용한다고 말합니다. 천문학자인 핸버리 브라운의 빛에 대한 개념의 정의를 예로 들어보지요.

"빛에 대한 현대의 이론은 빛이 우리가 하려는 관측에 의존해서 확실히 파동으로 행동하거나, 확실히 입자로 행동한다는 것을 인정하고 있다. 이 기묘한 행동에 부닥친 우리는 그 성질을 상식으로 이해할 것을 단념하고 말았다. 그래서 만일 빛은 어떤 모양을 하고 있는지를 질문 받는다면 '빛은 빛의 모양을 하고 있다.'라고 대답할 수밖에 없고, 임의의 상황에서 그 행동을 예언하는 수학 이론을 내놓는 것 이외는 다른 수가 없다. 물론 중요한 것은 빛은 입자도 파동도 아니고 한없이 복잡한, 일상 경험으로는 영상화할 수 없는 어떤 것이라고 말할 수밖에 없다."[*]

결국 빛이라는 대상에 대한 서술은, 우리가 상상한 것처럼, 대상 그 자체가 어떤 것인가what에 대한 기술이 아니라 대상이 어떻게how 있는가에 대한 기술이 되고 만다는 것입니다.

달리 말하면, 빛이란 '물질'이 아니라 '일어나는 일'이라고 말하는 편이 더 걸맞겠지요. 따라서 물리 세계에 대한 과학적인 정의도 종국에는 '비유'라고 생각할 수밖에 없어집니다. 게다가 그 대상이 추상적인 개념으로 바뀌면 그 서술은 더욱 점입가경입니다.

논리적 정의가 우리의 의도에 따르지 못한다면, 우리는 정의를 내리는 동기와 목적에 따라 또 다른 정의의 방식을 선택할 수 있

* 헨버리 브라운, 『과학, 인간을 만나다』, 김동광 옮김(한길사, 1994), 204쪽.

습니다. 곧 모든 정의가 반드시 논리적인 정의일 필요는 없으며, 때로는 경험적인 설명이 논제를 전개하는 데에 더 유용할 수 있다는 판단이 그것입니다.

경험적 정의란 주어진 개념을 분류하거나 성질을 분석하는 것이 아니라, 여러 개념을 종합하여 새로운 개념을 만들어내는 것을 말합니다. 그 예로 문학 개론서 따위에서 종종 소개하는 시에 관한 잘 알려진 정의를 들어보지요.

시는 이성을 손상시키고 감정을 흥분시키므로 시인을 공화국에서 추방해야 한다.

— 플라톤

시인의 소원은 가르치는 일, 쾌락을 주는 일 또는 이 둘을 겸하는 일.

— 호라티우스

시는 강력한 감정의 자발적 범람이다.

— 워어즈워드

시인이란 자기 고유한 기법의 어려움을 통해서 착상에 도달하는 자이며, 그러한 착상은 시인에게서 정지하는 법이 없다.

— 헤겔

시는 인생의 비평이다.

– 매듀 아놀드

좋은 시라는 것은 내포와 외연의 가장 먼 양극에서 모든 의미를 통일한 것이다.

– 알렌 테이트


이 같은 시에 대한 정의들을 토대로 우리는 시와 시가 아닌 것을 구별할 수는 없습니다. 다만 정의를 내리는 동기와 목적에 따라, 이를테면 시의 효용성, 형식과 내용, 창작 과정 같은 구분에 의해 시의 한 면을 가늠할 뿐입니다.

이처럼 자연 언어로 된 정의는 그 분야를 막론하고 우리가 안심하고 집어삼킬 만큼 모든 것을 보장하지는 않습니다. 논리학이 종국에는 수학적 기호로밖에 표시될 수 없다는 것도 바로 이런 연유입니다.

## 📏 스스로 의미를 규정하라

　사전의 정의를 그저 개론을 소개하는 정도로 받아들인다면 큰 손해는 없을 것이지만(물론 사전은 유용한 책입니다), 문제를 해결해 나가는 데에 필요한 내용을 알맞게 끌어들이는 법을 알지 못한다는 데에 있습니다. 사전의 정의는 본문을 이끌고 나갈 힘을 진전시키기 위해 골몰하는 동안에 사용하는 일시적인 '전술'에 불과합니다.

　우리는 제시된 문제에 들어있거나, 그것을 풀어가기 위해 자신이 사용한 몇몇 중요한 용어들에 대한 의미를 명백히 하고자 할 때 사전에서 풀이한 정의를 인용할 수는 있습니다. 그러나 그 정의들은 글쓰는 이의 의지와 일치되었을 때에만 우리의 목적에 부합됩니다.

　따라서 때때로 우리는 우리 스스로 자신이 전개하고자 하는 글의 내용에 맞는 정의를 고안해야 합니다. 왜냐하면 사전적 정의들은 대체로 문제를 풀어나가는 데에는 대개 너무 모호하거나 적절하지 못하기 때문입니다. 이런 경우에 우리는 그 의미를 스스로 규정하여, 글 속에 확실한 용어로 자리잡게 해야 합니다.

그렇다면 정의는 어떻게 내려야 할까요? 정의를 내리는 원칙은 있나요? 기왕에 언급된 정의에 대한 일반적인 논의를 정리하면, 우리는 정의를 내리거나 정의를 해석할 때 유념해야 할 사항들을 다음과 같이 열거할 수 있습니다.


1) 정의는 그것을 내리는 목적에 부합해야 한다. 곧 자신이 펼치고자 하는 논제에 합당한 정의를 이끌어내야 하며, 그 정의가 유도하는 것이 무엇인지를 파악해야 한다.

2) 정의하려는 것의 본질적 속성을 들어라. 부차적이거나 우연한 속성은 진정한 정의가 될 수 없다.

3) 정의하려는 말을 되풀이하여 사용하거나 동의어를 사용하지 말아라. 앞에서 말한 대로, 이것은 순환론적인 오류에 속한다.

4) 여러 가지 의미로 해석될 수 있는 말은 피하고, 비유적인 표현을 사용할 때는 그 표현의 본질적 의미소가 정의하려는 대상과 일치하는지를 탐색하라.

5) 정의하려는 것의 범위를 명확하게 하라. 범위가 넓은 정의는 초점을 흐리게 하고, 범위가 좁은 정의는 설득력을 가지지 못한다.

6) 소극적이거나 부정적인 정의를 피하고 직접적으로 말하라.

이 말은 가급적 둘러서 말하거나 부정적인 정의, 곧 '무엇이 아닌 것' 또는 '무엇이 없는 것' 같은 표현을 피해야 한다는 뜻이다.

이 여섯 항목에 서둘러 밑줄을 그은 사람들을 위해 충고 하나를 하겠습니다. 우리가 좋은 정의라고 여기고 있는 것들은 모두 이 같은 조건을 충족시키고 있습니까? 확신할 수 없다면, 우리에게는 이들 항목에 대해 좀더 생각해야 할 것이 남아 있다는 것입니다.

베르그송이라는 철학자는, 철학의 임무는 실재를 설명하는 일이 아니라 실재를 아는 일이라고 말합니다.[*] 이 말뜻을 새기면, 사실을 설명하는 데 필요한 마음의 태도와 사실을 아는 데 필요한 마음의 태도가 다르다는 것을 알 수 있습니다.

단지 안다는 견지에서 보면 두 태도가 별반 다를 것이 없지만, 설명을 위해서는 어떤 사실이 다른 것보다 훨씬 더 중요해집니다. 그러므로 단지 아는 것만이 아니라 설명하고자 할 때, 우리는 실질적으로 중요한 사실에 주의를 집중하고 다른 것은 간과합니다. 두말할 필요도 없이 지금 우리의 관심은 사실을 설명하고자 하는 데에 있습니다.

---

[*] Bergson, La Perception Du Changment, p.12(I.A. 리처즈/C.K. 오그든, 『의미의 의미』, 김영수 옮김(현암사, 1987), 165쪽에서 재인용

이 두 입장의 혼동을 피하기 위해 I.A. 리처즈는 언어의 기능을 상징적인 것과 환정적(喚情的)인 것으로 구분합니다. 그에 따르면, 말의 상징적인 용법은 진술입니다. 즉 지시의 기록, 유지, 조직 그리고 전달입니다. 환정적인 용법은 보다 더 간단해서 감정이나 태도를 표현하거나 자극하기 위한 것입니다.

'에펠탑의 높이는 900피트다.'는 진술입니다. 즉 지시를 기록하고 전달하기 위해서 상징을 사용하고 있습니다. 이때의 상징은 엄밀한 의미에서 참이나 거짓이며, 이론적으로 검증할 수 있습니다. 그러나 '시는 정신이다', '사람은 벌레다'는 진술이 아닙니다. 거짓 진술조차 아닙니다. 단지 어떤 태도를 환기하기 위해 말을 사용하고 있는 것입니다.

앞서 열거한 정의를 내릴 때 유념해야 할 사항들에는 바로 이 두 기능이 혼동되어 있다는 점입니다. 따라서 시에 대한 정의, 아름다움에 대한 정의가 때로 논리적 정의의 기준을 벗어남에도 불구하고 가치 있게 여겨지는 것도 이 때문입니다. 이렇게 우리가 어떤 입장으로 논술할 것인가에 따라 정의의 조건은 달라질 수밖에 없습니다.

우리가 종종 동일률로서 사물을 정의하면 부득불 그 사물의 본질적 영역을 제한하게 된다는 생각은 그 사물의 정의를 상징적 기능으로 받아들인 경우이고, 그것을 환정적 기능으로 사용할 때 우리의 정의는 옳고 그름으로 따질 수 없는 자신의 태도를 환기시키기 위한 방법적 수단으로 사용하게 됩니다. 이 같은 구분은 적어도 정의에 대한 기능적 구분을 넘어서 사고의 유연성을 촉발시킬 것임에 틀림이 없습니다.

자, 여기서 하나의 정의가 어떻게 사유를 촉발하고 이끌어가는지, 또 정의되지 않은 용어의 사용이 얼마나 막연한 의사 표명인지의 예문을 보도록 하지요.

언어는 살갗이다. 나는 그 사람을 내 언어로 문지른다. 마치 손가락 대신에 말이란 걸 갖고 있다는 듯이, 또는 내 말 끝에 손가락이 달려 있기라도 하듯이. 내 언어는 욕망으로 전율한다. 이 두근거림은 이중의 접촉에 기인한다. 한편으로는 모든 담론 행위가 "나는 너를 욕망한다."란 유일한 시니피에를 은밀히 간접적으로 드러내고, 양분을 주고, 가지를 치며 폭발하게 하는 것이라면(언어는 스스로 만지는 것을 즐긴다), 또 다른 한편으로는 나는 그 사람을 내 밀 속에 둘둘 말아, 어루만지며, 애무하며, 이 만짐을 얘기하며, 우리 관계에 대한 논평을 지속하고자 온힘을 소모하나.

— 롤랑 바르트, 『사랑의 단상』 중에서

비평가는 한 작품에 관해 그것이 "아름답다" 혹은 "위대한 예술"이다 혹은 "그 예술가의 이전 작품보다 더 낫다"라고 말한다. 그러나 만약 우리가 비평가가 그러한 판단을 하는 이유를 알지 못한다면, 그의 판단은 대수롭지 않은 것이다. 작품에 대한 그의 칭찬은 단순한 환호와 같다. 만약 자신의 찬사를 설명하고 옹호할 수 없다면, 그 찬사는 오로지 그가 그 작품을 좋아한다는 것만을 우리에게 말하는 것이 된다. 비평가는 예술에서의 '아름다움' 혹은 '위대함'이 무엇을 의미하는지를 명백히 진술할 수 있어야 하며, 가치의 기준 혹은 자기 판단의 표준을 명확히 해야 한다. 만약 그가 그렇게 할 수 없다면 그의 비평은 아주 막연하므로 사실상 우리는 그가 말하고 있는 바를 알지 못하게 된다. 매우 단순하게 유추하자면, 그것은 섭씨인가 화씨인가를 상술하지 않고 그냥 50도라고 말하는 것과 같다. 그러므로 만약 비평가가 지적으로 자신의 작업을 수행하려고 한다면 예술적 가치의 본성을 숙고해야 한다.

– 제롬 스톨니쯔, 『예술과 비평 철학』 중에서

미국은 지난 해 10월 '테러와의 전쟁'을 개시하면서 이 전쟁을 악과의 전쟁이라고 선언했다. 그러나 제아무리 천하무적인 미국이라도 '악'을 공격할 수 있는가. 전쟁은 결국 일개 정권(탈레

반)과의 싸움이 됐을 뿐이다. 미국이 '테러와의 전쟁'을 개시하자 각국의 권력자들은 재빨리 자신들의 정적을 테러리스트로 규정하고 제각기 또 다른 '테러와의 전쟁'을 시작했다. 미국이 '테러와의 전쟁'을 제멋대로 정의했기 때문에 일어난 사태였다. 미국은 테러를 '사악한 자들이 저지르는 행동 그 자체'로 정의했다. 이 정의 하에서는 테러 행위에 깔린 정치적 주의나 주장은 전혀 고려 대상이 되지 않는다. 예컨대 '사악한' 카슈미르 분리주의 게릴라들의 행동은 곧바로 테러다. 그들을 돕는 파키스탄 운동가들과 정부 요원들의 행동도 테러다. 반면 독립을 열망하는 카슈미르 지역을 반세기 동안 지배해 온 인도 정부의 행위는 사악한 자들에 맞선 것인 만큼 테러가 아니다. '테러'에 대한 이 같은 정의에 따라 미국이 카슈미르 분쟁에서 자기 편에 섰다며 인도는 기뻐하고 있다. 블라디미르 푸틴 러시아 대통령도 미국 덕에 체첸과의 전쟁이 반테러 전쟁으로 인정받게 되었다며 기쁨을 감추지 못한다. 그러나 테러의 진정한 정의는 무엇인가. '다음 두 가지 이유 때문에 민간인을 대상으로 할 수밖에 없는 정치·군사적 성격의 전투행위'다.

– 윌리엄 파프, 「테러란 '민간인을 향한 전투 행위'」

(IHT 2002. 1월 10일자)에서

## 📝 포함하는 개념과 포함되는 개념

개념이란 어떤 대상이나 현상의 공통된 성질을 하나의 기호로 결합시킨 관념을 말합니다. 쉬운 예로, '산'이나 '바다', '사람', '산다는 것', '각이 셋으로 된 것'과 같은 대상이나 현상을 지시하는 데에 사용되는 명사나 구는 모두 개념입니다.

일반적으로 문장은 두 명사와 그것을 연결시키는 계사(繫辭)로 구성됩니다. 따라서 정의 역시 이 같은 문장 형식의 영역 안에 있습니다.

이 같은 일반 논리에서 우리의 주목을 끄는 것은 개념의 부류 가운데 하나인 유개념과 종개념입니다. 유개념Genus이란 '포함하는 개념'을 말하며, 종개념Species이란 '포함되는 개념'을 말합니다. 예를 들면, 남자와 사람, 구리와 금속의 관계에서 사람과 금속은 남자와 구리를 포함한다는 점에서 유개념이고, 남자와 구리는 사람과 금속에 포함된다는 점에서 종개념입니다.

이 관계 개념에 주목하는 이유는, 우리가 개념과 개념의 비교를 통해 개념을 정의할 때 마땅히 그 개념의 공통된 성질에 유념해야 하며, 그 공통된 성질을 파악하기 위해서는 두 개념의 포함 관계를 명확히 해야 하기 때문입니다. 물론 이는 논의의 쟁점을 명확히 하는 데에도 도움이 됩니다.

누군가 당신에게 "법이란 무엇인가?"라고 물었다고 가정해보지요. 당신은 당신의 화끈한 기질과 달리 한번에 명쾌한 정의를 내리지 못하고 주저할 수밖에 없을 것입니다. 왜냐하면 그가 한 질문에 담긴 '법'이란 개념의 영역이 너무 크기 때문입니다. 만일 그 질문을 받은 사람이 소크라테스였다면, 아마 이렇게 대답하지 않았을까요?

'법'이란 무엇을 뜻하는 것인가 라고 묻기 이전에 당신은 먼저 '법'이란 말이 자연의 조화를 뜻하는 것인지 아니면 그에 대한 은유적 표현으로써 과학의 법칙을 말하는 것인지 아니면 인간 사회의 예의 또는 국가의 경제력이 따르는 온갖 규범을 말하는 것인지를 먼저 언급해야 합니다.

이때 소크라테스는 유개념의 하위 논점이자 정의의 하위 논점에 기초한 논법에 호소한 것입니다. 그러나 정의에 대한 논점은 쟁점을 명확하게 만드는 데 뿐만 아니라 논법을 생각해내는 데에도 유용합니다.

명제의 속성은 일반화시킨다는 데에 있습니다. 이를테면, "한국인은 평화를 사랑하는 사람이다." 또는 "낙태는 사회에 대한 하나의 범죄다."라는 것이 그것입니다. 그때 '한국인' 또는 '낙태'라는 말은 어떤 의미에서 정의된 존재입니다. 왜냐하면 용어에 의해 고착되기 때문입니다.

그러나 그 명제로 우리는 하나의 논법을 펼칠 수 있습니다. 곧 무엇이 유개념의 진실이며 종개념의 진실인지를 구별하는 원칙을 유도해낸다는 데에 유개념이라는 논점의 수사학적 힘이 있습니다. 따라서 모든 사람은 죽는다, 그가 사람이라면 그 역시 죽는다는 논법이 성립되는 것입니다.

유개념에서 비롯된 고전적인 논법 하나를 소개하지요. 만일 어떤 사람이 자신이 소유한 모든 은을 그의 부인에게 유언으로 양도했다면, 그의 변호사는 그 사람이 가지고 있던 은으로 만든 모든 쟁반과 장식물 그리고 촛대뿐만 아니라 금고 속에 있던 은화까지 그의 부인에게 줄 작정이었음을 주장할 수 있습니다. 왜냐하면 접시와 장식물, 촛대는 물론이거니와 은화 역시 은의 한 종류이기 때문입니다.

그러나 논술의 제재로 쓰인 용어의 유개념은, 단순하게 말하면 그가 제시한 분류의 원칙이 참이라고 받아들일 경우에 한해서 하나의 '증거'로 구성됩니다. 한 기자 회견장에서 사용자가 '부당하게' 노동자를 해고했다고 주장해야 할 노조위원장은 대다수의 국민들이 자신들의 주장에 동의하기를 바랄 것입니다. 그러나 노조위원장이 대다수의 국민들로부터 그런 준비된 동의를 이끌어내지 못할 때에 그는 자신의 분류가 옳다는 것을 계속해서 말해야 합니다.

논법에서 정의는 논법을 끌어나갈 하나의 전제와 같습니다. 따라서 전제로서의 정의는 이 제안에 동의하거나 그렇지 않든 간에 우선 그에 따른 논증으로서의 진술을 허용하고 감시하는 일차적인 규범이 되는 것입니다.

## ✏ 구분과 분류는 다르다

어떤 개념의 뜻을 밝히기 위해 그 개념의 외연을 분해하여 정
돈하는 것을 구분이라 하며, 그 구분된 것을 다시 나누어 점차 완
전한 체계로 조직화하는 것을 분류라고 합니다. 이 구분과 분류는
한정된 정의에 대한 이해를 높여줄 뿐만 아니라 이를 좀더 효과적
으로 설명하려는 데에 필요한 방법이 됩니다.

분류를 이용하여 보다 더 효과적인 정의를 내리고자 할 때 가장 먼
저 할 만한 일은 유개념에 속한 종들을 골라내거나 전체를 이루는 부분들
을 열거하는 것입니다. 이를테면, 누군가 '국가란 무엇인가'라는 질
문을 던졌다고 가정합시다. 그 질문은 받은 사람은 국가의 본질을
조명하기 위해서 국가를 구성하는 데에 필요한 다양한 일들을 지
적할 수 있을 것입니다. 아울러 정부에 대한 분석에서 비롯된 다
양한 종들, 곧 군주 국가, 민주 국가, 과두 독재 국가, 전제 국가
등을 구분하여 설명할 것입니다.

이 정도의 예는 여러분도 쉽게 찾을 수 있습니다. 사랑에 대해
설명하라면 여러분들은 남녀 간의 사랑인 에로스와 절대적인 사

랑인 아가페로 구분하여 설명할 수 있으며, 소설에 관해 설명하라면 역사 소설, 농촌 소설, 도시 소설, 환상 소설, 추리 소설 등으로 구분하여 거론할 수 있을 것입니다. 이 같은 구분과 분류에 의한 접근은 주어진 문제, 곧 국가나 사랑이나 소설의 본질에 대한 개념 이해에 어느 정도의 도움을 줄 것은 틀림없습니다.

그러나 아무리 완벽한 분류표를 작성했다 하더라도 그 도표 자체가 논술이 될 수는 없듯이, 우리는 그 분류표 안에서 자신이 다루고자 하는 주제에 대한 개요를 읽어야 하며, 나아가 그 안에서 자신이 쓰고자 하는 논술의 구조까지 얻어내야 합니다.

누군가 한 텔레비전 광고에 대한 시청자의 반응에 대한 글을 쓰기로 했다고 합시다. 두말할 것 없이 그는 반응의 분류에서부터 자신의 작업을 시작해야 할 것입니다. 그리고 그 반응의 분류 작업을 통해서 그는 자신이 다루어야 할 특별한 문제에 대한 개요를 포착합니다. 뒤집어 말하면, 자신이 다루고자 하는 특별한 관심거리를 정당화합니다. 아울러 이것은 결국 그가 쓰고자 하는 글의 구조에까지 영향을 미칩니다. 이렇게 보니 결국 분류는 글을 쓰기 위한 준비 작업이며 글의 구조를 제공하며, 아울러 주제를 정하는 데에 큰 기여를 했습니다.

『인형의 집』으로 알려진 헨릭 입센은 남성과 여성의 차이와 갈등을 다음과 같이 구분하고 분류하여 설명하고 있습니다.

우리에게는 두 가지 종류의 정신적인 법률, 두 가지 종류의 양
심이 있는데, 그 하나는 남성 안에 있고 이것과 전혀 다른 또
하나는 여성 안에 있다. 이 두 법은 서로 이해하지 못한다. 그
러나 실생활에 있어서 여성은 마치 그녀가 여성이 아니고 남성
이기라도 한 것처럼 남성의 법에 의해서 판정을 받고 있다.

— 헨릭 입센, 「현대 비극 소고」에서

분류의 논점을 수사적으로 사용할 때는 반드시 논법이나 설명
의 체계를 펼쳐놓아야 합니다. 최인훈은 자신의 에세이 「길에 관
한 명상」을 시작하면서, 길을 '전체의 길', '물의 길', '짐승의 길',
'사람의 길'로 구분하여 설명합니다. 그리고 이 글의 결론에 이르
러서는 다음과 같은 분류를 얻습니다.

짐승들에게는 한 가지밖에 없는 길이 인간에게는 세 가지 길이
있다. 첫번째 것은 짐승들과 공유하는 길이다. 우리보다 먼저
존재한 자연과 우리 자신이지만 우리가 만든 것이 아닌 우리의
몸이다. 자연과, 몸에는 그들의 길이 있다. 별과 강에는 그들의
길이 있고, 우리 몸의 혈액과 신경은 그들의 길을 가지고 있다.
두 번째 길은 우리가 말을 가지고 만들어낸 지식의 길이다. 이
길은 자연과 짐승으로서의 인간의 길을 인간의 마음속의 지도

로 옮겨 놓는 능력에 의해서 가능해진 인간 의식이 걸어다니는 길이다. 이 길이 지켜야 할 규칙은 첫번째 길과 늘 대조하고 첫번째 길을 이해하는 도구로서의 자리를 잃지 않아야 한다는 것인데 보통 이 길을 우리는 지식, 과학, 기술 따위로 부른다.(중략)

인간에게는 남아 있는 또 하나의 길이 있다. 그것은 환상의 길이다. 이 길을 전통적으로 우리는 종교, 예술 따위로 부른다. 종교와 예술은 첫번째 길도 아니고 두 번째 길도 아니다. 첫번째가 아닌 것은 종교나 예술은 자연이 아니기 때문이며, 두 번째가 아닌 것은 그것은 인간 문제의 해결을 위한 현실적인 '해결을 위한 수단'이나 기술이 아니라 '해결' 자체이기 때문이다. 다만 그 '해결'은 환상의 해결이다.

— 최인훈, 「길에 관한 명상」에서

이 글에서 주목해야 할 것은 길을 세 가지로 분류했다는 데에 있는 것만이 아니라 그 길들이 어떻게 다르고, 서로 어떤 관계를 이루고 있는가 하는 그 관계의 결을 함께 숨쉬는 일일 것입니다. 이 글에서 그가 마지막으로 당도한 '길'을 보도록 하지요.

지금까지의 이야기는 인간을 중심으로 한 우주의 움직임이다.

우주 쪽에서 보면 우주는 자신이 가고 있는 길을 가고 있을 것
이다. 인간은 그 길 위에서 또 자기의 길을 가고 있는 이차적인
존재이다. 그런데도 그가 살아간다는 것은 자기를 제일차적으
로 취급할 수밖에 없다. 이 이차적 존재가 자기 자신을 일차적
인 존재로 착각할 수밖에 없는 이 근원적인 모순의 길이 표현되
는 방식이 예술이나 종교라는 환상이다.

– 최인훈, 「길에 관한 명상」에서

# 분류의 원칙을 지켜라

유개념을 종개념으로 나눌 때에는 반드시 기준이 되는 일정한 속성을 드러내야 합니다. 이것이 구분의 원칙입니다. 따라서 그 원칙을 어떻게 정하느냐에 따라서 동일한 개념도 여러 가지로 구분됩니다. 인종을 피부색에 따라 구분할 수 있으며, 또 두개골의 형태에 따라 구분할 수도 있습니다. 또 그들이 사는 지역에 따라 구분할 수도 있습니다. 이 원칙을 정하는 일은 글의 목적에 따라 선택될 수 있습니다.

앞서 예를 든 소설의 구분을 보지요. 소설을 역사 소설, 농촌 소설, 도시 소설, 환상 소설, 추리 소설로 구분했을 때 그 구분에는 기준이 될 만한 일정한 속성이 있습니까? 이 구분을 바탕으로 과연 일관된 원리를 적용시킬 수 있을까요? 그 대답은 부정적입니다.

우리는 이 구분을 통해 소설의 본질에 대한 개념의 이해에 어느 정도의 도움을 얻을 수는 있지만, 그가 무엇을 말하고자 했는지를 쉽게 이해할 수는 없습니다.

이 구분은 마치 인간을 남자와 할머니와 아이로 구분하는 것과 같습니다. 남자와 할머니와 아이는 인간의 종개념임에는 틀림없지만 그 분류의 원칙은 각기 다릅니다. 각기 다른 분류 기준을 가진 종개념의 집합 속에서 통일된 생각을 발견할 수는 없는 노릇입니다.

이를 과장하면 유머가 됩니다. 자신은 없지만, 오래된 유머 하나를 뜻만 통하도록 대충 옮기면 이렇습니다. 이순신, 아인슈타인, 맥아더, 히틀러, 신사임당, 박정희……, 이 사람들의 공통점은 무엇일까요? 정답은 '죽은 사람'입니다. 이것이 유머가 되는 것은 사람들의 일반적인 생각처럼 그 분류 기준을 직업이나 성별, 국적으로 제한하지 않고 그 폭을 극대화했다는 데에 있습니다.

동일한 원칙을 가진 분류와 그 분류된 것들 사이의 상호적인 관계 속에서만 우리는 자신이 의도한 생각을 정돈하고 주장할 수 있으며, 또 독자를 설득할 수 있습니다.

하나의 유기적인 원칙을 가진 분류는 또한 논법을 위한 바탕이 되기도 합니다. 노드럽 프라이는 『비평의 해부』에서 매듀 아놀드의 분류에 도움을 얻어 다음과 같이 말하고 있습니다.

한 사회 또는 한 문명에서 행해지는 활동의 총체는 그 사회의 계급구조를 유지할 뿐만 아니라 또한 그 태도를 좀먹는다. 계급 구조를 유지하는 사회적 에너지는 세 가지 주요한 형태로 도착된 문화를 만들어낸다. 그 형태란 단순한 상류 계급 문화 즉 허식, 단순한 중류 계급 문화 즉 속악, 단순한 하층 계급 문화 즉 외잡(猥雜)이다. 매듀 아놀드는 이 세 개의 계급을 ─ 이들이 계급인 한에 있어서 ─ 각기 야만인, 속물, 어리석은 민중populace이라고 불렀다. 어떠한 종류이든 간에 혁명적인 행동은 한 계급의 독재의 원인이 되며, 문화의 혜택을 파괴하는 것에 이보다 더 재빠른 방법은 없다는 것을 역사의 기록이 명확하게 나타내 준다고 생각한다. 만일 우리가 우리의 문화관을 지배자 도덕의 관념에 결부시키면, 우리는 야만인의 문화를 얻는다. 프롤레타리아의 관념에 결부시키면, 우리는 어리석은 민중의 문화를 얻는다. 또 어떠한 종류의 부르주아적인 유토피아에 결부시키면, 우리는 속물의 문화를 얻는 것이다.

─ 노드럽 프라이, 『비평의 해부』에서


프라이는 상류와 중류, 하류라는 분류법을 사용하여, 계급 구조를 유지하려는 한 문명에서 행해지는 사회적 에너지가, 총체적으로 도착된 문화를 만들어낸다는 것을 입증함으로써 다양한 비평의 방법(그는 비평을 역사 비평, 윤리 비평, 원형 비평, 수사 비평으로 구분하여 서술했다)이 무조건적인 관련과 배척으로 일관하는 것을 경계

했습니다.

자, 여기까지 따라온 사람들을 위해 재미있는 얘기를 하나 해드리지요. 그렇다면 분류의 원칙을 지키지 않은 글은 무의미한 글일까요? 보르헤스라는 아르헨티나의 소설가는 자신의 글에서 중국에 있는 가상의 백과사전에서 인용했다며 능청스럽게 다음과 같이 동물을 분류했습니다.

동물은 다음과 같이 분류된다: ⓐ 황제의 재산인 동물 ⓑ 방부처리된 동물 ⓒ 사육 동물 ⓓ 돼지 ⓔ 인어 ⓕ 상상 속의 동물 ⓖ 길거리 개 ⓗ 이 분류에 포함되는 동물 ⓘ 미친 것처럼 날뛰는 동물 ⓙ 셀 수 없는 동물 ⓚ 낙타 털 같이 미세한 모필로 그려진 동물 ⓛ 기타 ⓜ 막 항아리를 깨뜨린 동물 ⓝ 멀리서는 파리 같이 보이는 동물*

어떻습니까? 일반적으로 동물은 척추 동물과 무척추 동물로 분류됩니다. 다시 척추 동물을 포유류, 조류, 파충류, 양서류, 어류 등으로 분류하고, 무척추 동물은 절지 동물, 환형 동물, 연체 동물, 원생 동물 등으로 나누지요.

* 호르헤 루이스 보르헤스 · 알리시아 후라도, 『보르헤스의 불교 강의』, 여시아문(1998), 61쪽

아시다시피 이 분류법은 논리적 범주 안에 있습니다. 그러나 보르헤스는 이 이성과 상식의 울타리를 깨뜨렸습니다. 혼란스럽고 즉물적인 동물 분류법을 통하여 우리의 이성에 대한 맹신을 통렬히 조롱한 것입니다. 물론 분류라는 수사학적인 방법을 빌어서 말입니다.

# 열거하라, 그리고 삭제하라

분류는 열거에 의한 논법이지만, 조금만 더 깊이 생각하면 분류는 또한 삭제의 논법이기도 합니다. 이때 열거와 삭제는 증명이나 반증을 위한 선택의 문제에 기여합니다.

열거는 적게는 둘 혹은 그 이상이 될 수 있습니다. 열거된 것이 둘일 때 사람들은 양자택일로 문제를 결정합니다. "인간은 출생이나 귀화에 의해 시민권을 얻는다."고 할 때, 그가 시민권을 가졌다면 그는 열거된 둘 중에 하나에 의해서입니다.

또 하나는 가능한 많은 종류를 열거할 경우입니다. 어떤 사람이 도둑질을 했다고 가정해봅시다. 그 사람의 변호사는 다음과 같이 주장할 수 있을 것입니다.

이 같은 환경에 처한 사람은 (가), (나), (다), (라)의 이유 가운데 어떤 한 가지 때문에 도둑질을 할지도 모른다. 자, 우리는 확실하게 (가)와 (나)는 내 의뢰인의 동기가 될 수 없음을 말할 수 있다. 더 나아가 (다)와 (라) 역시 내 의뢰인의 동기가 되어 이 재판에 기소를 당한다는 것은 더더욱 있을 수 없는 일이다.

가능한 동기의 어느 것도 이 경우에 적용될 수 없기 때문에 내 의뢰인은 도둑의 혐의로부터 무죄임이 명백해졌다.

물론 이 변론은 그가 무죄임을 입증하는 결정적인 증거일 수는 없습니다. 그러나 만일 그의 변호사가 남의 것을 훔칠 만한 가능한 동기를 모두 고려하여 변론했다면, 재판관은 그의 논법이 상당한 설득력이 있다고 여겼을 것입니다. 아시다시피 여론은 종종 어떤 결정적인 증거보다 설득력 있는 한두 가지 이유에 의해 그의 죄를 확신하거나 무죄로 만들어 버립니다.

우리는 유기적인 원칙으로서, 또 논제를 위한 기초로서 분류가 어떻게 이루어지는가를 살펴보았습니다. 설명이란 전체를 이루는 부분의 분석에 의해 이루어지며, 분류는 설득 담론에서 설명적인 글쓰기에 유용하게 사용할 수 있다는 것을 깊이 새겨야 할 것입니다.

어떻게
같고 다른지를
비교하라

# 🖊 설명의 방법으로서의
## 비교와 대조

    사람들은 여러 개의 사물들이 한데 모여 있으면 본능적으로 그 중에 무엇이 비슷하고 다른지를 구별하고 싶어합니다. 이 같은 경향은 사물을 정의하는 일만큼이나 자연스러운 일입니다. 추측컨대, 문명화되기 이전에 살았던 사람들도 일찍부터 가치의 규모를 정하거나 그들이 알지 못하는 미지의 세계를 헤아리려고 시도할 때에 비교를 사용했을 것입니다.

    그들 역시 익숙해져서 잘 알게 된 것을 통해 모르는 것을 이해했으며, 잣대가 된 하나의 사물을 꼼꼼히 따져봄으로써 다른 사물이 모자라거나 넘치는 것을 분간했을 것입니다. 결국 이것은 세계에 대한 우리의 경험을 선별하는 단순하면서도 근본적인 방법이기도 합니다.

    이렇게 얘기를 시작하는 이유는 설명의 방법으로서의 비교와 대조에 관해서 논의하기 위해서입니다. 이를테면, 한 편의 시나 그림에서 비교되고 대조된 것은 궁극적으로 미적 감각이나 예술적 동기에서 비롯된 것이지 설명이나 과학적인 동기에서 비교된 것은 아닙니다.

설명의 방법으로서의 비교와 대조는 흔히 아이들의 질문에 대답할 때처럼 유용하지만, 만일 우리가 이를 좀더 체계적으로 받아들인다면 우리는 자신의 생각과 표현에 더 유용한 방법을 무한하게 만들어 갈 수 있습니다.

학습이나 설명 또는 입증을 위해 유사성과 차이성, 우등함과 열등함을 드러내려면 둘 또는 그 이상의 사물들을 끌어들여야 합니다. 그렇다면 우리는 왜 비교를 하며, 그것에는 어떤 방법이 있는 걸까요?

브룩스와 워렌은 이를 크게 세 가지로 구분합니다. 첫번째는 사람들에게 하나의 대상에 대한 정보를 주려 할 때, 그들에게 잘 알려진 또 다른 대상과의 관계에 의해 설명하는 방법입니다. 예를 들면, 사람들에게 영국의 의회를 설명하기 위해서 우리가 더 친숙하게 알고 있는 국회와 비교함으로써 설명하는 것입니다.

두 번째는 두 대상에 대한 정보를 주려 할 때 사람들에게 잘 알려져 있으며, 그 둘 모두에 적용할 수 있는 몇 가지 일반적인 원리와의 관계 속에서 설명하는 방법입니다. 예를 들면, 두 편의 소설을 평할 때 사람들이 잘 알고 있다고 생각되는 몇 가지 소설의 원칙을 가지고 두 편의 소설을 설명하는 것입니다.

세 번째는 사람들에게 몇 가지 일반적인 원칙이나 아이디어에 관한 정보를 주려 할 때 친숙하게 알려진 대상들을 서로 비교하거나 대조하는 방법입니다. 예를 들면, 종교란 무엇인가 라는 물음에 답하기 위해서 기독교와 불교, 힌두교, 이슬람교와 같은 여러 종류를 비교하거나 대조하는 것입니다.*

그렇다면 이제부터 이 같은 논의를 전제로 주어진 문제에 관해 글을 쓸 때 비교의 논점을 사용할 수 있는 몇 가지 방법에 대해 알아 보겠습니다.

---

* Cleanth Brooks and Robert Penn Warren, 『Mordern Rhetoric(forth edition, 1979), Harcourt Brace Jovanovich, Inc., 50쪽

## ✏️ 먹어봐야 맛을 안다?


비교는, 우선 하나의 대상에서 비롯된 특별한 관심에 의해, 둘 또는 그 이상의 사물을 갖는 데서 시작됩니다. 그 점에서 비교는 체계적이며, 그 대상은 관심의 범위 안에 있습니다. 다시 말하면, 비교란 넓은 의미에서 관심의 체계에 속한다고 말할 수 있습니다. 그 관심을 좇고 나아가 실현시킴으로써 우리는 하나의 존재를 규정합니다.

사물을 비교함으로써 얻을 수 있는 것은 둘 또는 그 이상의 사물의 닮음을 통해 유사성을 발견하는 일입니다. 그 유사성은 모든 유추와 귀납론의 바탕이 되는 기본적인 원칙입니다. 우선 귀납적 추리란 무엇인지에 대해 알아보도록 하지요.

귀납적 추리란 어떤 종류의 한 대상이 가진 확실한 사실에서, 그 종류의 대상들이 가진 공통점에 관해 추리하는 것을 말합니다. 예를 들면, 이천 지방의 한 지역에서 생산된 쌀로 지은 밥이 차지고 맛있다는 것을 확인하고, 이천 지방에서 생산된 쌀은 밥맛이 좋다 라고 추리하는 것과 같습니다. 곧 모든 이천 지방에서 나는 쌀을 죄다 먹어 보지는 않았지만 같은 토양과 기후 조건, 재배방식을 가진 지역에서 생산되었다는 점에서 '이천 쌀은 밥맛이 좋다'는 결론에 이른다는 것입니다.

귀납적 추리의 수사학적 형식은 '보기'입니다. 귀납적 추리에서 우리는 관찰되지 않거나 확인되지 않은 예에 관한 하나의 보기를 만들며, 그 여러 개의 보기 중에서 유사성에 주목합니다. 따라서 보기는 단 하나의 유사성의 사례에서 그럴듯한 결론에 이르게 만듭니다.

보기에 의해 귀납과 유추를 구별하는 가장 간단한 방법이 있습니다. 어디서든 유추는 전혀 다른 사물의 유사성으로부터 입증하지만, 보기는 비슷한 사물의 유사성으로부터 입증한다는 것입니다.

유사성에서 비롯된 논법의 가장 간단하고 상식적인 형식을 예로 들어보도록 하지요.

"만일 침묵이 미덕이라면, 그것은 절제이다."

여기서 우리는 침묵과 절제 사이의 유사성에 유의하고, 미덕이란 침묵의 속성을 나타낸다고 판단했다면, 우리는 절제가 미덕임에 틀림없다고 추론할 수 있습니다.

"침묵의 나무에는 평화의 열매가 열린다."

이 아랍의 한 금언은 한 단계 더 높은 표현을 보여주고 있습니다. 침묵에는 평화의 속성이 있다. 그러므로 침묵은 곧 평화로 이끈다는 직설적인 표현을, 나무에 열매가 달리는 자연 현상에 빗댐으로써 보다 더 큰 설득력을 얻고 있습니다

이 같은 논법은 우리의 일상 속에서 흔히 접할 수 있습니다.

"시험을 볼 때 옆 사람의 것을 보는 학생이나, 남의 것을 베끼는 것을 내버려두거나 부추기는 학생은 모두 똑같이 나무랄 만하다. 두 학생의 행동은 모두 남을 속인 것이다."

"콩이나 보리는 쌀과 맛이 다르지만 그것을 먹고 배고픔을 없앨 수 있는 것은 다 마찬가지다."

유사성에서 비롯된 하나의 예문을 보겠습니다. 마틴 루터 킹 목사는 『버밍햄 감옥으로부터의 편지』라는 글에서, 자신을 지지하는 사람들의 시위가 폭력을 부추기는 경향이 있으므로 금지되어야 한다는 비난에 대해 이렇게 대답합니다.

당신의 진술에서 당신은 우리의 행동이 그것이 평화적일지라도

그들이 폭력을 부추긴다는 이유에서 죄가 된다고 단언했다. 그러나 이것은 논리적인 주장인가? 이것은 돈을 가진 사람이 도둑질을 부추긴다는 이유에서 돈을 강탈당한 사람을 비난하는 것과 같지 않은가? 이것은 소크라테스의 철학적 요구와 진실에 따른 확고한 언질이 잘못 지도된 대중을 부추겨 그에게 독약을 마시게 했다고 소크라테스를 비난하는 것과 같지 않은가? 이것은 예수의 독특한 신에 대한 확신과 신의 의지에 대한 끊임없는 헌신이 그를 십자가에 못박게 한 악마적인 행동을 부추겼다고 예수를 비난하는 것과 같지 않은가? 우리는 연방 법원이 철저하게 확인할 때까지, 우리가 추구하는 것이 폭력을 부추길지도 모른다는 이유 때문에, 자신의 기본적이고 합법적인 권리를 얻고자 하는 한 개인의 노력을 중단해야 한다고 주장하는 것은 잘못된 것임을 반드시 지켜보아야 한다. 사회는 강탈을 막아야 하고, 강도를 응징해야 한다.

　　　　　　　　　　　　　　　　－ 마틴 루터 킹, 『버밍햄 감옥으로부터의 편지』에서

## ✐ 유추란 알려진 것에서
## 알려지지 않은 것으로의 비약이다

마틴 루터 킹 목사는 이 같은 일련의 수사 의문문을 통해 동일한 상태에 놓인 비교 가능한 유사한 상황을 근거로 설득력 있게 자신의 주장을 입증하고 있습니다. 그러나 모든 귀납적 추리가 이 같은 설득력을 지닌다고는 할 수 없습니다. 귀납적 추리의 가장 큰 약점은 언제나 추리의 근거가 되는 사실의 자료가 일부분에 불과하다는 점일 것입니다. 따라서 귀납적 추리가 상당한 설득력을 지니기 위해서는 사례를 완전히 들어 결론을 추리하든지 아니면 적어도 단 한번에 불과하더라도 그것이 좋은 표본일 경우로 한정됩니다.

그러나 모든 가능한 사례를 빠짐없이 들어서 결론을 추리하는 것은 진정한 의미에서 귀납적 추리라고 하기는 어렵습니다. 따라서 하나의 표본을 전체의 경우로 추리를 비약시키기 위해서는 반드시 지켜야 할 좋은 표본의 규칙을 다음과 같이 상정할 수 있습니다.

1) 표본은 전체를 대표할 만한 자격이 있어야 한다.
2) 표본에서 발견된 유사성은 반드시 그것의 본질적 속성이어
   야 한다.

이천 쌀의 예를 더 들어보겠습니다. 이천 지방에서 생산되는 물건은 많습니다. 농산물도 여러 가지가 있을 것이고, 그릇도 있고, 호미도 있습니다. 하지만 이 가운데 쌀이 이 지역의 기후와 풍토에 맞는 최적의 농산물이라는 대표성을 획득해야만 합니다. 아울러 쌀의 품질이란 본질적으로 그 지역의 기후와 토양에 의해 좌우된다는 속성을 가져야만 합니다.

이를테면 이천 지방에서 생산된 어떤 호미가 썩 잘 만들어졌다는 사실을 알았다고 해서 이천은 호미의 고장이라고 비약할 수는 없습니다. 다만 이를 설득력 있게 주장하려면 적어도 이천이 연철의 주산지이면서 호미가 농사일에 가장 유용한 특수한 조건에 있었으며, 여기에 덧붙여 마을마다 대장간이 성행하여 대를 이어 호미를 만드는 이가 많았다는 정도의 설득력을 갖추어야 합니다.

킹 목사가 동일한 상태에 놓은 유사한 상황을 비교하여 자신의 주장을 입증하려 한 것이 귀납적 추리라면, 서로 다른 상태에 놓인 비슷한 사물들을 비교했을 때, 예를 들면 벌집의 구조를 인간 사회의 구조와 비교했을 때, 우리는 '유비적 추리'라는 유사성의

논점의 또 다른 불일치의 영역 속으로 들어서게 됩니다.

귀납적 추리가 특수에서 일반으로 추리하는 데에 반하여, 유비적 추리는 특수에서 특수로 추리합니다. 곧 두 개의 사물에서 하나 또는 두 개의 똑같은 특징이 발견된다면 한 사물의 제 삼의 특징은 다른 사물에도 닮는다는 논법입니다.

여기에서 원칙을 세운다면, 유추는 두 개의 사물이 서로 많은 부분들이 닮아 있으면서, 그 이상의 일치하지 않는 점이 있는 원칙의 둘레를 순환한다고 할 수 있습니다. 이 원칙을 표로 그려보면 다음과 같습니다.


A : 1 2 3 4 → 5

B : 1 2 3 4 → [ 5 ]


두 사물 A와 B는 보는 바와 같이 서로 일치하는 점이 많습니다. 이 닮은 점으로부터 우리는 B의 다섯 번째 놓일 숫자가 A의 5와 같음을 입증할 수 있습니다. 예를 들어보겠습니다. 지구(A)와 화성(B)은 같은 태양계(1)에 속하며, 물(2)과 공기(3)가 있고, 육지(4)가 있습니다. 따라서 지구에 인간이 생존한다(5)면 화성에도 인간이 생존한다고 추리하는 것이 유추입니다.

귀납적인 논법에 따르면, 알려진 부분으로부터 알려지지 않은

것으로의 비약입니다. 틀림없는 사실보다 더 확실하게 여겨지는
유추는 바로 이 귀납의 비약 덕분입니다.

## ✏ 유추의 설득력은
## 결론의 개연성에 달려 있다

국문학자인 김윤식 교수는 그의 저서 『이광수와 그의 시대』에서 밤의 세계와 낮의 세계라는 이분법적인 논리로 '이광수와 그의 시대'를 설명하고 있습니다. 그에 따르면, 낮의 세계는 합리주의를 기반으로 한 논리의 세계이며, 그 논리에 의해 근대화된 서양 제국주의와 그 아류인 일본 제국주의의 세계인 반면에, 밤의 세계란 심정적 세계, 비합리적이고 비논리적인 사고를 주축으로 한 믿음의 집단이 보여주는 세계입니다.

이에 대한 김현의 서평에서 우리는 유추에 관한 논법의 한 예를 볼 수 있습니다.

그의 그 도저한 대립적 이분법은 이광수의 설명하기 곤란한 행위를, 예를 들어 그의 친일 같은 것을 설명하는 데 큰 위력을 발하고 있으나, 그 큰 설득력에 비해 논리적 냉철함이 부족하다. 낮의 세계에도 밤의 세계의 요소가 있으며, 밤의 세계에도 낮의 세계적인 요소가 있다고 생각해야, 서평자의 생각으로는 균형이 잡힐 것 같다. 낮과 밤의 이미지를 차용해서 말한다면, 새벽과 황혼이 있을 수 있다는 말이다.

논리의 세계와 감성의 세계는 대립적인 것이 아니라, 서로가 서로를 감싸는 변증법적인 것이다. 예를 들어, 제국주의의 논리성은 낮의 세계에 속하지만, 그 광포성·획일성은 밤의 세계에 속하며, 시적 정의의 성스러움·황홀함·격정성은 밤의 세계에 속하지만 그 당위성·윤리성은 낮의 세계에 속한다. 서평자가 보기에는 그 세계 중의 어느 것이 이기느냐 하는 것은 그리 중요하지 않다. 중요한 것은 차라리 그 세계가 어떻게 섞여 있는가 하는 것이다.

다시 하나의 예를 들자면, 반민특위에서 왜 낮의 논리가 밤의 심성을 이겼는가 하는 질문보다는, 시적 정의는 어떻게 왜곡되었는가, 현실은 친일파 등을 왜 수용했는가를 묻는 질문이 더 중요하다. 그래야 "논리적 세계에 한 발을 딛고 심정적 세계에 다른 발을 디뎠던"(p.1094) "지식인의 의식의 한계"(p.1094)가 더 잘 드러나지 않았을까?

— 김현, 「李光洙的 思惟의 의미」에서

김현은 이 인용문에서 김윤식의 비유를 빌어 중요한 것은 밤과 낮의 세계의 구분과 그것의 승패가 아니라 "차라리" 그것이 섞여 있는 '새벽과 황혼'을 톺아보는 것이 더 중요하지 않겠느냐는 논지를 펴고 있습니다. 그가 타인의 비유에서 유추한 '새벽과 황혼'은 그것의 본질적 유사성과 관계없이 자신의 논제를 펼치는 뛰어난 유추로 작용하고 있는 것입니다.

유추를 실제로 증명할 수는 없습니다. 그러나 설득의 기준에서는 사정이 달라집니다. 때때로 청중의 성향은 유추가 가능한가 아닌가에 의해, 곧 그 결론의 개연성에 의해 그것이 얼마나 효과적인 논법인가가 결정됩니다.

그러나 대부분 유추에 의한 설득은 개연성의 증가, 곧 귀납적 추리에서와 같이 그것이 얼마나 유사하고 또 본질적 속성을 가졌는가에 따라 좌우됩니다. 여기에 덧붙여 코베트는 다음 두 가지 원칙을 강조하고 있습니다.

1) 두 사물 사이의 유사성은 두 사물의 의미의 측면에서 적절한 관계가 있어야 한다.
2) 유추는 비교된 두 사물의 다른 점을 무시해서는 안 된다.

예를 들면, 인류학자는 태평양에 있는 어떤 섬에 사람이 살았던

적이 있었다는 것을 증명하기 위해 이미 사람이 살고 있다고 알려진 태평양의 또 다른 섬과 비교하려고 애쓸지 모릅니다. 그는 두 섬에 모두 야자수와 모래 해변, 산호초 둘러싸인 조용한 호수와 온화한 기후, 그리고 강한 비바람을 막아주는 방벽이 있다는 것을 지적할지도 모릅니다.

그러나 의욕에 넘친 이 인류학자는 이 미심쩍은 섬의 연간 강우량이 터무니없이 적고, 카누나 작은 보트에 의해 사람들이 오가기에는 다른 섬이나 대륙으로부터 너무 멀리 떨어져 있다는 사실을 간과함으로써 가까이에서 중요한 문제로 삼을 수 있는 요인, 다시 말하면 사람들이 이 섬을 오갈 수 있는지, 그들이 그것을 실행했는지, 그들은 생존할 수 있었는지 같은 요인들을 숙고하지 않았습니다.

결국 우리는 중요한 차이점을 숙고를 하지 못한 하나의 유추를 거론함으로써 "당신의 유추는 설득력이 떨어진다."고 지적할 수 있게 되는 것입니다.

## 차이점을 발견하는 추리력,
## 닮은 점을 발견하는 상상력

　둘 또는 그 이상의 사물들을 비교함으로써 생길 수 있는 또 하나의 결과는 차이의 발견입니다. 때때로 학생들은 학교 수업을 통해 "무엇 무엇에 대해 비교하고, 대조하라"는 판에 박힌 문구로 시작하는 시험 문제를 받은 적이 있을 것입니다. 그 형식적인 문구에서 '비교'의 부분은 학생들에게 유사성을 설명하라는 문제였습니다.

　사물들 사이의 차이점을 발견하는 능력을 추리력으로, 또 사물들 사이의 닮은 점을 발견하는 능력을 상상력으로 정의하는 일은 흔한 일입니다. 다른 말로 하면, 상상력은 종합적인 능력으로, 추리력은 분석적인 능력으로 불리기도 합니다. 이 상상력과 추리력을 고루 키우는 것은 더없이 바람직한 일일 것입니다.

　프랑스의 철학자이자 소설가인 미셸 투르니에는 『생각의 거울』이란 책에서 상대적인 쌍을 이루는 110가지의 개념이 가진 유사성과 차이성을 통해 점진적으로 깊이 있는 사고의 결과를 드러냅니다. 그런가 하면 최인훈의 에세이 「안수길 소묘」는 차이의 논점을 운용하는 실례를 공부하기 위한 좋은 글이 될 것입니다. 이 '소묘'에서, 최인훈은 발상의 기초를 대부분 차이에 두었습니다.

그 두 예문을 읽어보도록 하지요.


사랑과 우정을 비교해 본다면 사랑이 우선이다. 열정적인 사랑 앞에서 친구 관계는 가볍고 시들하며 진지하지 못한 것처럼 보이기 때문이다. 사랑은 수천 개의 연극, 시, 소설 작품의 덕을 보아 왔다. 이에 비하면 우정은 얼마나 초라한가!

그러나 자세히 살펴보면 우정에 직면하여 사랑이 누리는 특권은 논의의 여지가 많음을 알 수 있다.

사랑과 우정의 큰 차이 중에 하나는 우정의 경우 상호성이 없이는 존재할 수 없다는 사실이다. 당신은 당신에게 우정을 갖고 있지 않은 누군가에게 우정을 가질 수 없다.

반면에 사랑은 상호적이 아닌 데 대한 불행을 마음에 품는 것과 같다. 불행한 사랑은 비극적 소설의 원동력이 된다. 시인은 노래하였다. '나는 사랑하고 사랑받는다. 만약 동일한 대상과의 관계라면 그것은 행복일 것이다. 그러나 슬프도다. 동일한 대상과의 관계가 흔치 않으니!'

사랑과 우정 사이에는 또 다른 차이가 있다. 그것은 존경심 없

는 우정은 있을 수 없다는 사실이다. 만약에 당신이 비열하다고
생각하는 행위를 친구가 저질렀다면, 그는 더 이상 당신의 친구
가 아니다. 우정은 멸시에 의해 깨진다.

반면에 사랑의 열광은 사랑하는 존재의 어리석음, 비겁함, 비열
함과 무관할 수 있다. 열광적인 사랑은 탐욕과 갈망으로서, 이
러한 비굴함을 통하여 사랑받는 결점을 양분으로 삼는다. 사랑
은 배설물을 먹고 살 수 있기 때문이다.

— 미셸 투르니에, 「사랑과 우정」에서

누군가 선생을 가리켜 학 같은 분이야, 하고 말하는 것을 들은
적이 있는데 첫눈에 오는 느낌이며 성품의 한군데를 꼭 맞춘 말
이라고 그때 생각했던 것을 기억하고 있다. 그러나 이 말은 온
전히 꼭 맞는 말이라고 하기는 어렵다. 학이 어떤 생태를 가지
고 있는지, 그 생물학적인 지식을 갖지 못해서 알 수 없으나,
학 하면 대체로 떠오르는 어떤 시적인 이미지가 있다. 고고하다
든지, 은사풍(隱士風)이라든지 하는 그런 것인데, 이런 데서 오
는 학의 인상은 어딘지 매정스럽고 까다로운 느낌을 주는데 선
생은 그 점에서는 전혀 다르다고 해야 옳을 것 같기 때문이다.

선생이 애써 누구를 반박한다든가, 설복시키려고 하는 것을 본
적이 없다. 누구의 이야기에나 귀를 기울인다. 이상 사람이나

동년배면 그 특징이 돋뵈지 않지만 손아랫사람인 경우에는 분명히 드러나 보이는 것이다. 상대방의 의견을 굽히려 한다거나 원하는 골로 이끌려고 하지 않는다. 말하는 사람 쪽에서 선생의 주의를 끌기 위해서 제물에 의견을 물리기도 하고 바꾸어 보기도 하게 된다. 그렇다고 전혀 대꾸를 안 하는가 하면 그런 것은 아닌데 지극히 평범해 보이는 이야기뿐이다. 학이면 뭇새들이 소란을 피우면 그 매정스런 흰 날개를 홀쩍 펴고 자리를 뜨고 말 것인데 선생은 상대방이 싫다고 할 때까지는 먼저 자리를 뜨지는 않는 것이다. 이렇게 대범한 것을 믿고 꽤 실례가 되는 말까지도 버릇없이 늘어놓은 적이 많다. 나중에는 아차 싶은데 당장에는 언짢은 낯빛 한번 대한 적이 없다. 그렇다고 무턱대고 상대방이 듣기 좋으라고 찬성하지는 않는다. 문학 이야기인 경우 의견이 잘 맞지 않는 경우에 내가 흔히 들은 말은 〈문학은 어려워요〉하는 말이다. 틀림없는 말이다. 그 말로 지킬 데는 지켜진 것이다. 학은 역시 학이다.

– 최인훈, 『안수길 소묘』에서

## ✏️ '종류'보다는 '정도', '질'보다는 '양'이 더 눈에 띤다

우리가 흔히 '많고 적음' 또는 '크고 작음'이란 형용 어구를 덧붙여 사용하는 '정도'라는 말은 아리스토텔레스가 『수사학』에서 논한 네 가지 일반 논점 중에 하나입니다. 아리스토텔레스는 우리가 사물들을 비교할 때 가장 먼저 발견하는 것은 '종류'의 차이가 아니라 '정도'의 차이라고 합니다.

분명히 하나의 사물은 또 다른 어떤 사물보다 더 낫거나 못합니다. 수사학은, 우리가 때때로 무엇인가를 받아들이거나 무엇인가를 하려고 다른 사람들을 설득하려고 할 때, 선과 악은 물론이고 훌륭한 선과 보통의 선, 또는 더 큰 악과 경미한 해악의 차이점을 아직 선택하지 않고 있을 때, 이 사실의 관련성을 누군가에게 보여주어야 합니다.

그러나 정도의 문제를 판결하는 일은 생각처럼 쉽지 않습니다. 대개 사람들은 질보다는 양의 차이에 먼저 이끌립니다. 학생들은 종종 이런 말을 할 것입니다. "나는 그 영어 참고서를 다섯 번 읽었다." "나는 하루에 열 다섯 시간을 공부한다."

그러나 운동에서와 마찬가지로 학습에서도 질과 양은 별 관계가 없습니다. 왜냐하면 그런 차이에 관한 판단은 대개 상대적이거나 주관적이기 때문입니다. 아리스토텔레스는 『수사학』에서 정도의 문제에 대한 일련의 기준을 제시했습니다.[*] 그 몇 가지 규범을 코베트의 해설에 기대어 설명해 보도록 하지요.

## 1. 사물의 수가 적을 때보다 많을 때 더 바람직하다

수적인 우세함으로 정도의 문제를 해결하고자 할 때 신중하게 고려해야 할 것이 두 가지 있습니다. 첫째는, 수적인 우세가 같은 종류의 사물들의 관계인지를 잘 따져 생각해야 합니다. 천 원짜리 지폐 열 장은 천 원짜리 지폐 다섯 장보다 확실히 더 가치가 있습니다. 그러나 천 원짜리 지폐 열 장은 만 원짜리 지폐 다섯 장보다 더 가치가 있는 것은 아닙니다.

이처럼 수적인 우세는 오직 비교된 사물들의 가치가 동등할 때만 정도를 결정하는 데에 도움이 됩니다. 예를 들면, 여당이 국회에 제출한 4조 원의 세금을 걷겠다는 조세 법안이 심의를 통과하려면 3조 원을 걷겠다는 야당의 조세 법안보다 더 나은 제안이라

---

[*] Cope & Sandys, 『The Rhetoric of Aristotle』 Cambridge, 1877, 1권 7장

는 것을 입증해야 합니다. 이때 여야가 각각 제시한 법안을 지지하는 의원 수가 동일하면 각 당은 상대 당의 동료 의원들을 설득해야 합니다. 그러나 이때 반드시 전제되어야 할 것은 두 법안이 모두 충분한 근거가 있고, 또 상대적으로 동등한 경비로 시행될 수 있어야 한다는 것입니다.

둘째, 수적인 우세는 사물의 질적인 요소에 의해 제한된다는 것입니다. 예를 들면, 스무 명의 선수로 팀을 갖춘 축구 코치는 열 다섯 명의 선수로 팀을 이룬 축구 코치보다 더 좋은 경기를 펼칠 수 있다고 주장할 수 있습니다. 그러나 열 다섯 명의 선수로 팀을 이룬 코치가 스무 명의 선수로 구성된 다른 팀보다 팀에 활력을 불어넣는 두세 명의 우수한 선수를 가지고 있다면, 더 많은 선수를 가진 팀보다 더 우세한 경기를 펼칠 수 있다는 것을 우리는 알고 있습니다.

## 2. 하나의 목표가 있는 것은
## 하나의 수단이 있는 것보다 훨씬 더 낫다

이 규범의 기본적인 원칙은 하나의 수단은 오직 특별한 것을 위해서만 바람직하다는 것입니다. 그러한 하나의 목표는 그 자신을 위해서 바람직합니다. 예를 들면, 건강은 운동보다 좋습니다. 왜냐하면 우리는 건강을 얻거나 유지하기 위한 수단으로 운동에 몰

두하기 때문입니다. 운동은 그 자체로 하나의 확실한 수단임에는 틀림없지만, 건강은 그 자신을 위해서 가장 바람직한 일이며, 하나의 목표이기 때문입니다.

### 3. 모자라는 것이 넘치는 것보다 더 낫다

이 원칙은 대부분의 통화 구조의 기본입니다. 은화는 동전보다 더 가치가 있습니다. 왜냐하면 은이 동보다 더 부족하기 때문입니다. 같은 이유에서 금은 은보다 더 귀합니다. 그러나 우리가 깨달아야 할 것은, 어떤 환경 속에서는 정반대의 원칙이 훌륭한 가치의 규범으로 여겨질 수 있다는 것입니다.

우리는 넘치는 것이 모자라는 것보다 더 좋다는 것을 입증할 수 있습니다. 왜냐하면 풍부함이란 더 유용할 수 있기 때문입니다. 따라서 비록 물이 금보다 더 풍부하다고 하지만 어떤 환경 속에서는 물이 더 좋은 선으로 여겨질 수 있습니다. 왜냐하면 사막에서는 물이 금보다 더 유용하기 때문입니다.

### 4. 실용적인 지식을 가진 사람이 선택한 것이
###    무지한 사람이 선택한 것보다 더 낫다

플라톤의 '하나'와 '많음'에 관한 많은 논법은 이 규범에 적용되는 예들입니다. 여기에서 말하려는 것은 권위에 대한 문제입니다. 실제적인 문제에서, 우리는 모두 전문가의 판단에 의존합니다. 특히 추정적 기능성이나 상반된 가치에 관한 문제가 제기되었을 때 전문가의 판단이 아마추어의 판단보다 더 믿을 수 있기 때문입니다.

한 식품 회사가 만든 제품이 FDA의 공인을 받았다는 것을 광고했다면 그 식품 회사는 FDA의 권위와 전문성을 빌어 자사 제품의 우수성을 알린 것입니다. 그렇다면 만일 선정된 일정한 수의 문학 평론가들을 대상으로 일정 기간에 생산된 문학 작품의 선호도를 조사하고 이를 바탕으로 한국 현대 문학의 성과를 순위를 매겨 판단했다면 이는 위의 원칙에 적절한 예일까요?

전문가 집단이 참여했다는 것은 곧 실용적인 지식을 가진 사람의 선택으로 거기에는 권위와 전문성을 드러내는 것임에 틀림없습니다. 그러나 여론 조사라는 것이 과연 현대 문학의 성과를 판단할 수 있는 방법이 될 수 있는가? 에는 의문이 남습니다. 누구도 예술 작품의 가치가 그들이 전문가이든 비전문가이든 수적인 우세로 결정된다고 믿는 사람은 없을 것이기 때문입니다. 전문가들의 판단일지라도 그것이 어떤 판단의 근거로 쓰이느냐에 따라 달라질 수 있습니다.

## 5. 대다수의 사람들이 선택한 것이
## 소수의 사람이 선택한 것보다 더 낫다

앞선 규범과 반대되는 이 규범은 사람의 수를 세어 가치를 결정하는 방법입니다.

"만일 당신이 요즘 나온 책들 가운데 가장 읽을 만한 소설을 찾고자 한다면 베스트셀러 목록을 참고하라."

"가장 훌륭한 입후보자는 국민이 선택한 사람이다."

이 규범은 바람직한 것을 추구하는 아리스토텔레스 식의 감각으로 선을 생각해내려는 사람들에게 설득력 있는 가치를 가질 것입니다. 그러나 바람직함이란 가치가 있다는 것과는 전적으로 다른 것입니다.

우리는, 모든 혹은 대부분의 국민의 바람이 도덕적 또는 미적 감각으로 항상 옳은 것은 아니었다는 것을 떠올려야 합니다. 그러나 어떤 주어진 토론에서 만일 국민들이 바람직하다는 말로 선을 생각한다면, 그때 그 대다수의 선택은 설득력을 얻게 될 것입니다. '문민 정부'니 '정권 교체'니 하는 선거 구호가 국민들의 지지를 얻는 데에 성공적으로 작용했다면 그것은 국민들이 그 구호를 최고의 선으로 생각했다는(생각하게 만들었다는) 뜻에 다름 아닙니다.

광고인들은 이 규범을 더 적절하게 사용합니다.

"많은 사람들이 다른 어느 콜라보다도 펩시콜라를 마신다."

물론 때때로 모든 혹은 대다수의 사람들이 선택한 것이 최고의 가치를 지닐 수 있습니다. 물론 가격이 저렴하다든지, 상표가 널리 알려져 있다든지 아니면 광고를 많이 한다든지 하는, 상품의 평판에 영향을 주는 다른 요소도 있을 수 있습니다.

그러나 "모든 사람들이 항상 어리석을 수는 없다."는 격언에 타당성이 조금이라도 있다면, 사람들의 믿음은 높은 판매고를 유지하는 것은 상품의 질이라는 데에 기울기 마련입니다. 바로 이 항을 제대로 활용하여 독자들의 호기심을 자극한 국내의 한 출판사의 간명하고 절제된 라디오 광고 문안은 그래서 매우 상징적이기까지 합니다.

"베스트셀러에는 이유가 있습니다."


## 6. 사람들이 실제로 갖고 싶어하는 것은
   사람들이 갖고 있는 것처럼 보이고 싶어하는 것보다 더 낫다

선에 대한 평판은 지배자의 이미지를 만들어내는 것이 필요한 사람에게 매우 중요합니다. 마키아벨리의 『군주론』에 나오는 말이지만, 우리는 책에 적힌 글귀로서보다는 경험적으로 훨씬 더 친숙하게 느끼고 있습니다.

지배자들은 만일 그가 실제로 선한 사람이 아니라면, 그는 적어도 선한 사람으로 살아가는 모습을 보여주어야 합니다. 이 여섯

번째 규범에 의해 시험하자면, 마키아벨리의 견해는 "힘은 선보다 더 귀중한 것"이라는 것을 암시합니다. 왜냐하면 힘은 지배자가 실제로 원하는 것이며, 그것을 얻기 위해 그는 언제든지 선의 가면으로 가장할 준비가 되어 있기 때문입니다.

아리스토텔레스도 비슷한 예를 사용했습니다. 사람들은 건강이야말로 정의보다 더 좋은 것이라는 것을 입증할 수 있습니다. 왜냐하면, 사람들은 순전히 정의롭다는 평판만으로도 만족할 수 있지만, 사람들은 건강하게 보이는 것만으로는 만족할 수 없습니다. 사람들은 건강하게 보이는 것보다 건강한 것을 더 좋아합니다.


### 7. 만일 하나의 사물이 자신이 정말로 있고 싶은 곳에 존재하지 않는다면, 그것은 그다지 있고 싶지 않은 곳에도 존재하지 않는다

이것은 논리학자들이 흔히 사용하는 라틴어 형용 어구인 "아 포르티오리 a fortiori(더 강한 것으로부터)" 논법의 한 행입니다. 영국의 존 단이란 시인은 죽음의 힘과 두려움을 하찮게 여긴 자신의 시 「죽음이여 자랑하지 마라」에서 자신의 논재를 발전시키기 위해 하나의 점진적(아 포르티오리) 논법을 사용했습니다. 여기에 그 첫 여섯 행을 옮겨보도록 하지요.


죽음이여, 자랑하지 마라, 비록 어떤 이들이 너를 일컬어

강하고 두렵다고 했지만, 너는 그렇지 않지
네가 쓰러뜨렸다고 생각한 사람들은
죽지 않았어, 가련한 죽음아, 너는 나를 죽일 수 없으니
너의 영상에 불과한 휴식과 잠으로부터
많은 기쁨이, 너에게선 반드시 더 많이 흘러나오리라

　　　　　　　－ 존 단, 『죽음이여 자랑하지 마라』에서


5행과 6행의 생략된 구문을 알기 쉽게 풀어서 말하면, 그 행들 속에 담긴 점진적 논법이 명백해질 것입니다. 5행에서 존 단은 휴식과 잠은 죽음과 같으며, 죽음의 모방이라고 말합니다. 우리 모두는 휴식과 잠으로부터 많은 기쁨을 얻는다는 것을 알고 있습니다. 그러므로 우리는 그들이 모방한 죽음에서는 더 많은 기쁨을 얻을 수 있을 것입니다. 만일 덜한 것으로부터 그렇게 많은 기쁨을 얻을 수 있다면, 더 강한 것으로부터 얼마나 더 많은 기쁨을 얻을 수 있겠습니까.

그러므로 죽음은 우리가 마음을 바꾼다면 두려울 것이 없다는 내용입니다.

우리는 점진적인 논법에서 두 가지 지침을 상정할 수 있습니다. 하나는 '더한 것에서 덜한 것으로', 두 번째는 '덜한 것에서 더한 것으로'입니다.

존 단은 덜한 것을 가지고 더한 것에 대해 이야기하는 두 번째 방식을 택했습니다. 첫번째 지침에서 배울 수 있는 점진적인 논법은 다음과 같은 형식을 갖게 될 것입니다.

"만일 어떤 사람이 친구로부터 물건을 훔쳤다면, 그는 타인의 물건도 훔칠 수 있다."

점진적 논법은 두 가지 가능성을 제시합니다. 하나는 다른 것보다 더 많은 개연성을 갖게 합니다. 개연성이 적은 것에 대해 확언할 수 있는 것은 무엇이든 더 개연성이 많은 것에 관해 더 큰 목소리로 확언할 수 있습니다.

대부분의 수사학적 논법처럼 점진적 논법은 확실함으로 이끌지는 않습니다. 다만 그것은 다소 강한 개연성으로 이끌 뿐입니다. 정도의 논법의 두 가지 예문을 더 들어보겠습니다.

나는 흑인들의 자유를 향한 파업에 큰 장애물이 되는 것은 백인 시민변호사회 회원이나 백인 우월주의자인 KKK 단원이 아니라 온건한 백인들이다. 그들은 정의보다 '질서'를 더 중시하며, 정의가 현존하는 긍정적인 평화보다 긴장이 없는 부정적인 평화를 더 좋아한다. 그들은 끊임없이 말한다. "나는 당신이 추구하는 목표에는 동의한다. 그러나 당신의 직접적인 행동 방식에는 동의할 수 없다." 그들은 온정주의자의 입장에서 다른 인간의 자유를 위해 예정표를 맞출 수 있다고 믿는다. 그들은 신화적인 시간의 개념 속에 살며, 더 살만한 시절이 오기를 기다리는 흑인들을 위해 끊임없이 충고한다. 좋은 의지를 가진 국민들의 천박한 이해는 나쁜 의지를 가진 사람들로부터 절대적인 오해를 받는 것보다 우리를 더 실망하게 만든다. 미온적인 수용은 노골적인 거부보다 우리를 더 좌절시킨다.

　　　　　　　　 — 마틴 루터 킹, 『버밍햄 감옥으로부터의 편지』에서


인문학과 자연과학을 따로 떼어내 선택할 수 있다면, 아마 자연탐구에 대해 각별하고도 압도적인 태도를 가지고 있지 않은 대다수의 사람들은 자연과학보다는 오히려 인문학을 배우기를 원할 것이라고 나는 생각할 수밖에 없다. 인문학은 그들의 존재에서 더 많은 것을 이끌어내며, 그들의 삶을 더 즐겁게 만든다.

　　　　　　　　　　 — 매듀 아놀드, 『문학과 과학』에서

관계를
알면
진실이 보인다

# 🖉 자라 보고 놀란 가슴 솥뚜껑 보고도 놀란다?

사람들은 항상 차이와 닮음에 관해 호기심을 보입니다. 키가 큰 농구선수가 지나가면 한번 더 쳐다보고, 쌍둥이 꼬마가 놀고 있으면 다시 한번 얼굴을 들여다봅니다. 그런가 하면 이런 호기심 이상으로, 사람들은 어떤 일이 "왜" 그렇게 되었는지 알고 싶어합니다.

우리가 종종 목격하듯 부모와 함께 여행을 하는 어린이는 끊임없이 변하는 자신을 둘러싼 세계에 관해 "저게 뭐야?"라고 묻습니다. 그리고 그 질문의 단계를 지나면 "왜"라는 질문이 곧 뒤따릅니다. 약간의 인내력이 필요하긴 하지만, 이 단계에 이르게 될 때, 우리는 그 어린이가 처음으로 이성에 대한 어렴풋한 느낌을 갖게 되었다고 말할 수 있습니다.

"아빠, 저게 뭐야?"

"응, 저건 비란다. 저 하늘의 먹구름에서 떨어진 불이야."

"왜, 아빠?"

한 결과를 알아챘을 때 어린이는 그 원인에 관해 묻기 시작합니다. 물론 이는 어린이뿐만이 아닙니다. 어떤 사건이 벌어지면 얼마나 많은 사람들이 왜 그랬는지를 알고 싶어하는지!

사람들은 원인이 무엇인가에 대해 비록 완전하지는 않아도 나름대로 이해하고 있습니다. 그렇지 않으면 아마 하루도 무사하지 못할 것입니다. 뜨거운 난로에 데인 아이는 다시는 난로에 가까이 가지 않으며, 비록 고양이일지라고 한번 데인 난로 뚜껑 위에는 다시 앉지 않습니다. 이 아이와 고양이는 나름대로 원인과 결과의 개념을 가지고 있는 것이지요.

하지만 이들이 사건들 사이의 관계 곧 난로와 뜨거움과의 관계를 만들기는 했지만, 그 관계가 충분하게 분석되었다고 보기는 어렵습니다. 그 관계는 "자라 보고 놀란 가슴 솥뚜껑 보고도 놀란다."는 속담의 영역 안에 있습니다. 다시 말하면, 난로는 불이 있을 때만 뜨겁지만, 고양이는 난로에 불이 있건 없건 다시는 난로 뚜껑 위에 앉지 않을 것이기 때문입니다.

한 부실 은행이 파산했다고 해서 모든 은행이 파산할 것처럼 여겨 현금을 찾아 장롱 속에 쌓아두는 것도 마찬가지의 행동 양식입니다. 여기서 우리는 꼭 기억해 둘 만한 간단한 관계의 규칙을 만들 수 있습니다.


1) A라는 사건이 없이는 B라는 사건은 일어나지 않는다.

2) A가 있을 때마다 B가 있었다.

# 🖊 꽃의 인과를 아는 것은 우주를 아는 것

당연한 말이지만, 우리가 이만한 관계의 규칙을 알았다고 해서 우리 주위에서 벌어지고 일어나는 모든 현상들의 원인과 결과를 알 수 있다고 말할 수는 없습니다. 다음의 두 시를 읽어보지요.

갈라진 벽 속의 꽃
나는 갈라진 틈 사이로 핀 너를 잡아 뽑는다
나는 지금 너를 쥐고, 뿌리와 모든 것, 내 손안에
작은 꽃 – 그러나 만일 내가 이해할 수 있다면
너는 무엇이고, 뿌리와 모든 것, 그리고 이 모든 것을
나는 알 것 같다 신과 인간이 무엇인지를
            – 테니슨, 『갈라진 벽 속의 꽃』에서


한 송이의 국화꽃을 피우기 위해
봄부터 소쩍새는
그렇게 울었나 보다.

한 송이의 국화꽃을 피우기 위해

천둥은 먹구름 속에서

또 그렇게 울었나 보다.

　　　　　　－ 서정주, 『국화 옆에서』에서


우리는 이 세계가 어떤 인과로 이루어져 있는지 알지 못합니다. 우리가, 이 세계는 거의 무한하게 확장된 관계의 짜임으로 이루어져 있다고 말할 때도 이는 세계의 구조를 들여다봐서가 아니라 미지의 세계에 대한 은유적 견해에 지나지 않습니다. 따라서 우리는 이 우주는 놀랄 만큼 무한한 공간과 조화, 그리고 복잡함을 지니고 있다고 말합니다.

만일 이 두 시인이 그 꽃의 완전한 인과를, 곧 그것의 존재를 결정하는 모든 조건을 알 수 있다면, 그는 우주를 아는 것과 같습니다. 우리가 종종 원인을 분석하려 할 때, 우리는 이 두 시인이 분석한 것과 같은 방법으로 원인의 개념을 드러낼 수는 없습니다. 우리는 사건과 그것의 조건 사이의 관계가 어느 정도 '직접적'인가에 관계할 뿐입니다.

## 📝 필요한 요소는 하나의 조건이다

부룩스와 워렌이 제시한 단순하고도 명쾌한 질문을 옮겨 보겠습니다.

어떤 지팡이에 작은 종과 조절 단추가 달려 있다. 그 지팡이의 조절 단추를 누르면 전자 장치에 의해 지팡이가 앞뒤로 흔들리게 된다. 조절 단추를 제외한 모든 장치는 진공 펌프에 연결된 밀봉된 용기에 담겨져 있다. 누군가 조절 단추를 누르면, 지팡이가 흔들리고, 종이 울린다. 우리는 종소리를 듣는다. 이 소리의 원인은 무엇인가?

첫번째 사람은 종의 내부를 두드리는 공이에 의해 소리가 났다고 말합니다. 두 번째 사람은 지팡이의 움직임에 의해 소리가 났다고 발합니다. 세 번째 사람은 "아니야, 철수가 단추를 눌렀어."라고 말합니다. 상식적으로 말하면, 모두 옳거나 모두 틀렸습니다. 응답한 사람들의 각각의 경우는 어떤 특별한 요인이나 위장된 다른 요인에 쏠려 있기 때문입니다.

만일 우리가 밀봉된 용기 밖으로 완전하게 공기를 뽑아내고 조절단추를 누른다면, 얼마나 많은 가정이 원인에 관한 우리의 이야기 속에 포함되어 있는지 더 명백하게 알 수 있습니다. 종 속에 있는 공이 쇠를 두드리는 기계적인 작동을 하더라도 거기에서 소리가 날 리는 없습니다. 우리는 그 이유를 압니다. 소리가 존재하려면, 거기에는 틀림없이 음파가 떠다닐 수 있는 공기라는 매개체가 있어야 한다는 것을 말입니다.

소리의 원인을 명확하게 말한 처음 세 사람은 음파를 전달하기 위해서는 매개체가 필요하다는 것을 모두 잊었습니다. 그러나 네 번째 사람이 "아, 소리를 발생시킨 것은 공기였어."라고 말했다면, 그 사람 역시 옳거나 그르거나 둘 중에 하나입니다.

공기가 없으면 소리도 없다는 상식이 하나의 '원인'임에는 틀림없습니다. 그러나 공기는 소리를 나게 하는 여러 요인, 곧 종, 그것을 두드리는 공이, 단추를 누르는 사람, 그리고 음파를 위한 공기 중의 하나에 불과합니다. 소리는 내는 데에는 이 모든 요소가 필요합니다.

브룩스와 워렌은 이 필요한 요소를 하나의 '조건'이라 부릅니다.*

다만 어떤 상황 속에서 원인의 문제를 생각할 때 반드시 유의해야 할 점이 있습니다. 그것은 필요한 요소와 우연한 요소를 구분하는 것입니다. 앞의 예에서 다시 잇자면, 종은 구리가 아니면 쇠로 만들어졌으며, 전선의 절연체는 아마 고무가 아니면 실크이고, 단추를 누른 사람은 남자가 아니면 여자이고, 늙거나 젊을 것입니다.

그러나 이들 요인 중에 어느 것도 소리의 원인을 따지는 데에 결정적인 영향을 미치지 않습니다. 즉 조건이 아닌 것입니다. 조건과 관계 있는 인과성을 생각해내야 합니다.

1997년, 일본 고베에서 중학교 3학년 학생에 의한 엽기적인 연쇄살인 사건이 일어난 적이 있습니다. 사회적인 영향이 커 소년법의 개정으로 이어지기까지 했습니다. 이 사건에 대한 일본의 저명한 문학평론가인 가라타니 고진의 글은 인과성에 대해서뿐만 아니라 우리 사회에 대해서도 많은 생각을 하게 합니다.


고베 중학교 사건에서 내가 가장 반발을 느꼈던 것은 심리학자, 사회학자, 교육학자라고 하는 사람들에 대해서다. 그러한 사

---

* Cleanth Brooks and Robert Penn Warren, 『Modern Rhetoric(fourth edition, 1979), Harcourt Brace Jovanovich, Inc., 98-99쪽

건이 있을 때마다 반드시 코멘트를 하는 사람들이 있다. 그들은 사건의 원인에 대해 여러 가지 말을 하는데 그 경우 부모의 책임으로 귀결시키는 듯한 말을 자주 한다. 그들은 객관적으로 '원인'을 찾고자 하지만 그것은 항상 '책임'과 혼동되고 만다.

나는 범인이 잡혔다고 들었을 때 금방 그 중학생은 환자라고 생각했다. 신문에 따르면 같은 또래의 중학생으로 이 소년에 공감한다. 자신에게도 그러한 요소가 있을지도 모른다고 말하는 사람이 많은 것 같다. 그렇게 느끼는 것은 이해하지만 누구나 그런 사건을 일으키느냐 하면 그런 것은 아니다.(중략)

그런데 사건이 일어난 그날 안에 코멘트를 하는 심리학자, 정신병리학자가 있다. 나는 이런 류의 의사는 모두 믿음직하지 않다고 생각한다. 그 사람들은 꼭 가정 환경을 들먹인다. 게다가 그것이 단지 원인이라고 말하는 것이 아니라 부모의 책임이라고 받아들여지는 표현을 쓴다. 아마도 신문 등의 기사 정리 방식에도 문제가 있을 것이다. 그러므로 사려 깊은 의사라면 그러한 코멘트는 피해야 할 것이다.(중략)

병의 원인은 그것이 실제 증세로 나타났을 때에만 소급해서 발견되는 것이고, 일정한 원인이 있다고 같은 결과가 나오는 것은 아니다. 그러므로 원인을 안다고 해서 꼭 그 인식을 유효하게 이용할 수는 없다. 그렇게 생각하면 되는 것이다. 이러한 사건이 일어났을 때 그 원인을 추적해 가면 부모, 학교, 환경, 현대 사회라는 식으로 소급하게 된다. 그 결과 그러한 행동을 한 사람의 책임은 묻지 않게 된다. 그러면 성급하게 화를 내는 사람이 있다. 원인이야 어떻든 그 사람에게 책임이 있는 것이 아닌가 하고, 그 결과 여러 원인에 대한 해명은 잊혀지고 만다. 그러나 원인을 묻는 것과 책임을 묻는 것은 다른 문제다. 원인은 철저하게 알아내야 한다. 하지만 그것은 당사자의 책임 문제와는 구별해야 한다.

– 가라타니 고진, 『윤리21』에서

## ✏ 특별한 관심이
## 특별한 조건을 선택할 때


우리가 어떤 일의 원인으로 하나의 특별한 조건을 지적하는 것은 항상 잠정적이고 선택적입니다. 다시 말하면, 그 선택은 사건을 바라보는 특별한 관심에 의해 결정됩니다. 한 노파의 죽음을 가정해 봅시다. 노파의 죽음에는 여러 가지 조건이 있을 것입니다. 하지만 우리는 그 여러 조건 속에서 어느 것이 그 죽음과 직접적인 관계를 가지고 있는지를 들어야 합니다. 이를테면, 노파가 언제 남편과 사별했는지, 그의 고향은 어디인지를 따지는 일은 노파의 죽음과 거리가 너무 멉니다.

직접적인 조건 가운데서도 선택의 폭은 넓습니다. 한 목격자는 "그 노파가 계단에서 떨어져 죽었다."고 말합니다. 어머니를 잃은 그 노파의 딸은 그녀 자신이 미처 돌보지 못한 부주의에 원인이 있다고 울먹입니다. 그런가 하면, 검시를 맡은 의사는 두개골이 손상된 것이 죽음의 원인이라고 진술합니다.

이들은 각각의 관심 속에서 나름대로의 해석을 하면 그 자체로는 진실합니다. 요점은 특별한 관심이 특별한 조건을 선택할 때 우리는 그것에 관해 무엇인가를 알아챌 수 있다는 것입니다.

삶을 통찰하는 데에 적절한 나이란 없겠지만, 어느 정도의 인생을 살아버리면 자신의 삶에 어떤 전기나 기준이 된 나이를 돌이켜 볼 수는 있을 듯합니다. 다음의 세 예문은 각각의 특별한 관심과 특별한 조건에서 설정된 나이에 관한, 아니 삶에 관한 글들입니다.

스무 살 때야말로 세상에 대한 판단을 가장 잘 내릴 수 있는 시기이다. 그 후의 지혜로움이란, 그때의 사랑을 자기 자신 안에 잘 간직하고 있느냐에 달려 있다.

— 장 궤에노

내 육체적 나이는 늙었지만, 내 정신의 나이는 언제나 1960년의 18세에 멈춰 있었다. 나는 거의 언제나 사일구 세대로서 사유하고 분석하고 해석한다. 내 나이는 1960년 이후 한 살도 먹지 않았다. 그것은 씁쓸한 인식이지만 즐거운 인식이기도 하나. 씁쓸한 것은 내가 유신 세대나 광주사태 세대의 사유 양태를 어떤 때는 이해하지 못한다는 데서 생겨나는 것이고, 즐거운 것은 나와 같이 늙지 않은 사람들이 많다는 것을 확인한 데서 생겨나

는 것이다. 그것과 밀접하게 연계되어 있겠지만, 나는 내 자신
이 조금씩 변화하고 있다고 믿고 있었지만, 그 변화의 씨앗 역
시 옛 글들에 다 간직되어 있었다. 나는 변화하고 있지만 변화
하지 않고 있었다. 리듬에 대한 집착, 이미지에 대한 편향, 타
인의 사유의 뿌리를 만지고 싶다는 욕망, 거친 문장에 대한 혐
오······ 등은 거의 변하지 않은 내 모습이다. 변화는 그 기저 위
에 변화이다.

— 김현, 『분석과 해석』의 머리글에서

1990년대지만 지금도 세상은 나의 유년과 하나도 다를 바가 없
다. (······) 그리고 사랑은 여전히 배신에서부터 시작한다. 지금 내
곁에서 침대에 엎드려 텔레비전에 눈을 주고 있는 저 사람, 그는
나의 하나뿐인 열세 살 아래 여동생의 지도교수이자 첫사랑이다.
사랑이 여전히 배신에서 시작된다는 것을 깨닫는 일은 나를 안심
시킨다. 만약 사랑이 무겁고 엄숙한 것이었다면 나는 열두 살 그
때처럼 사랑의 내압을 견뎌내기 힘들었을 테니 말이다.

— 은희경, 『새의 선물』에서

우선 장 궤에노의 진술은 바칼로레아 논술 문제로도 출제되었
던 것입니다. 이 진술을 설명하고 당신의 논지를 전개하라는 것이

문제였습니다. 장 궤에노가 말하는 스무 살이라는 나이는 젊음과 순수·자유·열정·변화의 상징으로, 어른·지혜·경험·순종과 대립됩니다. 위의 진술 그대로 말하면, 스무 살 때는 '사랑'이고 그 이후는 '지혜'입니다.

스무 살 때야말로 어떤 경험이나 지혜보다도 '세상에 대한 판단을 잘 내릴 수 있는 시기이다.'(특별한 관심) 그러나 진정한 지혜란 기성 세대들이 수구하는 경험과 가치를 그대로 수행하는 것이 아니라 '그때의 사랑', 다시 말하면, 순수와 자유와 열정, 그 변화를 '자기 자신 안에 잘 간직하고 있느냐에 달려 있다.'(특별한 조건)는 것이 그 요지입니다.

장 궤에노의 진술이 삶의 보편적인 특성에서 나이를 성찰하는 것과 달리 김현의 글과 은희경의 소설 속의 '나'는 훨씬 더 주관적이고 개인적인 관점에서 바라보고 있습니다. 우선 김현은, '내 정신의 나이는 언제나 1960년의 18세에 멈춰 있었다.'고 말합니다.

그가 말하는 18세의 나이는 장 궤에노가 말한 '스무 살 때'와 같은 상징 체계를 거느립니다. 그리고 그가 18세였던 1960년은 사일구가 일어난 해라는 점에서 특별한 역사적 관점을 지니며, 따라서 그는 '거의 언제나 사일구 세대로 사유하고 분석하고 해석'(특별한 관심)합니다. 그러나 육체의 나이가 들면서 자신의 관심 역시 변화했으리라고 믿었지만 거의 변하지 않았습니다. 아니 '변화하고 있지만, 변화하지 않고 있었'습니다. 왜냐하면, '변화는 그 기저 위에 변화'(특별한 조건)였기 때문입니다.

김현에 견주어, 은희경의 소설 속의 '나'의 사고는 덜 유연할 뿐만 아니라 폐쇄적이기까지 합니다. '열두 살 이후 나는 성장할 필요가 없었다.'는 것은, 『새의 선물』의 에필로그에서 작가가 강조한 말입니다. '나'는 열두 살 시절에, 이모의 친구 경자가 이모를 배신하고는 이모의 남자를 가로채버린 일을 보면서 '사랑은 배신에서부터 시작한다.'는 경구를 체득합니다.(특별한 관심) 그러나 그가 어려서 체득한 사랑의 한 비정한 속성은 이 세상의 모든 사랑을 바라보는 눈이 되고 자신의 삶에도 되풀이 수용됩니다. 왜냐하면, '만약 사랑이 무겁고 엄숙한 것이었다면 나는 열두 살 그때처럼 사랑의 내압을 견뎌내기 힘들었을'(특별한 조건) 테니 말입니다. 그러나 과연 열두 살의 나이가 '사랑의 내압을 견뎌내기 힘들' 정도로 '무겁고 엄숙하게' 받아들일 나이일까요? 그 일그러진 사랑의 방식을 과연 자신의 사랑의 방식으로 되풀이 살아야 '안심'할 만큼 한 소녀를 강박적인 불안 속으로 몰고 갈 수 있을까요?

우리는 이 세 편의 예문 속에서 그때 어떤 특별한 관심에서 어떤 조건들이 삭제되고 선택되었는지를 읽어내야만 합니다.

# ✏️ 살인자를 찾아라!

자, 이번에는 우리의 사고를 지배하는 몇 가지 일반적인 원칙들을 추리소설 형태를 빌어 되짚어보겠습니다.

### 하나의 결과는 수많은 가능한 원인들을 가질 수 있다

한 저택에서 살인 사건이 일어났습니다. 살해된 사람은 전직 판사이자 변호사인 50대의 건장한 남자입니다. 그리고 창문이 깨져 있었습니다.

이 사건을 맡은 수사관은 창문이 깨진 원인에 대해 골몰했습니다. 누군가 밖으로부터 침입하기 위해 창문을 깨뜨렸을 수도 있고, 범인에게 저항하기 위해 죽은 변호사가 무엇인가를 던졌을 수도 있습니다. 아니면 집안 내부의 범인이 밖으로부터의 침입을 위장하기 위해 고의로 깨뜨렸을 수도 있습니다.

이 가능한 모든 원인들 가운데서 오직 하나가 창문이 깨진 원인일 것입니다. 어느 것이 그 원인인가를 알아내는 것이 문제입니다. 수사관은 가능하고 있을 수 있는 모든 원인으로부터 그 살인 사건의 원인을 가려내야 합니다. 그는 그 살인자를 찾아야 합니다.

### 결과의 동기로 지적한 원인이 그 결과를 낳아야 한다

그 남자는 목이 졸려 죽어 있었습니다. 수사관은 사건 당시 집 안에 있던 노파와 병이 든 열두 살짜리 조카, 체중이 50킬로그램밖에 안 되는 식모를 혐의선상에서 제외했습니다. 이 사람들은 비록 한 사람을 목 졸라 죽일 수는 있을지라도, 건장하고 힘있는 남자를 서재의 카펫 위에 쭉 뻗게 만들 수는 없기 때문입니다. 그런데 새로운 제보가 잇달아 들어왔습니다. 몇 주 전에 변호사를 찾아와 언성을 높이며 다투던 키가 큰 의뢰인이 있었으며, 두 달 전에 깐깐한 변호사의 부인과 심하게 다투고 그만 둔 성미가 급한 관리인이 있었다는데……

### 어떤 일이 일어날 수 있는 충분한 원인이 있다면, 그 결과를 일으킬 만한 다른 적합한 원인이 있는지 어떤지를 고려해야 한다

그렇습니다. 자신의 변호에 불만을 가진 키가 큰 의뢰인이 있었고, 걸핏하면 부인과 다투던 성미 급한 관리인이 있었습니다. 그들은 그 남자를 목 졸라 죽일 수 있는 힘과 갈등 관계를 가지고 있었습니다.

112

잠재적 원인이 작용할 수 있는 그런 조건과 상황을 가지고 있었는지 어떤지를 고려해야 한다

수사관은 용의자로 지목된 두 사람을 조사하기 시작했습니다. 관리인은 단지 부인과 갈등이 있었을 뿐 죽은 변호사의 먼 친척뻘로 평소 그를 존경했으며, 그의 소개로 새로운 직장을 다니고 있었습니다. 수사관은 부동산의 명의 변경 건으로 변호사와 다툰 적이 있는 키가 큰 의뢰인에게 더 큰 혐의를 두기 시작했습니다. 왜냐하면 최근 들어 이와 유사한 사건이 일어난 적이 있다는 사실이 떠올랐기 때문입니다.

가설의 원인이 항상 하나의 결과를 만들어내는지, 그리고 그것이 언제나 변함없이 같은 결과를 만들어내는지를 고려해야 한다

그러나 다시 수사는 미궁에 빠지고 모든 것을 처음부터 새로 시작해야 했습니다. 그 의뢰인은 변호사에게 불만을 가지긴 했지만, 사건 당일 친구들과 설악산으로 등산을 갔음이 밝혀졌기 때문입니다. 일반적으로 추정된 원인이 늘 특별한 결과를 만들어낼 수 없다는 것을 수사관은 다시 한번 뼈저리게 느껴야 했습니다.

## 🖋 "이것이 있은 뒤
그러므로 이것 때문에"

원인과 결과의 추론에서 가장 흔히 범하는 실수가 하나 있습니다. 라틴어 표현을 빌면, "post hoc ergo propter hoc(이것이 있은 뒤, 그러므로 이것 때문에)"으로 흔히 언급되는 오류입니다. 이것은 두 사건 사이에 시간 관계가 있으면, 곧 원인과 결과의 관계가 있다는 추측의 오류를 말합니다. 텔레비전의 미스터리물에서 다루는 대부분의 미신들은 이 오류에 의해 성립됩니다. 예를 들어보겠습니다.

한 농부가 읍내로 가는 4차선 도로를 가로질러가다 차에 치었습니다. 그는 차에 치기 바로 전에 그 도로변에 있는 오래된 나무를 베었습니다. 그 나무가 햇빛을 가려 농작물이 제대로 자라지 않았기 때문이었습니다.

사람들은 한 사건이 시간적으로 다른 사건에 뒤이어 일어났을 때 그 뒤의 사건이 먼저 일어난 사건에 의해 야기되었다고 추측하는 경향이 있습니다. 물론 충분히 이해할 수는 있습니다. 그러나 원인과 결과의 관계를 증명하지 않고는 그 관계를 추정할 수는 없습니다. 한 농부가 나무를 벤 것이 그를 차에 치게 만들었다는 것을 증명해 보십시오.

얼른 듣기에도, 그 행동은 결과를 있게 한 적절하고 충분한 원인으로 여겨지지는 않습니다. 그가 나무를 벨 때의 심리 상태가 매우 흥분되어 있었으며, 그 흥분이 그를 부주의하게 도로를 가로지르게 만들어 결국 차에 치게 했다고 설명할 수는 있겠지요. 그러나 아무리 보아도 이 두 사건 사이에 직접적인 관계는 없습니다.

톨스토이의 『전쟁과 평화』에서 또 한 예를 볼 수 있습니다.

나는 기관차의 움직임을 볼 때마다 경적 소리를 듣고 밸브가 열리고 바퀴가 돌아가는 것을 본다. 그러나 나는 경적이 울리고 바퀴가 돌아가는 것이 엔진을 움직이는 원인이라고 결론짓는 것은 옳지 않다고 생각한다.

농부들은 늦봄에 차가운 바람이 부는 것은 떡갈나무에 꽃봉오리가 트일 때라고 말한다. 사실 해마다 봄이 되어 떡갈나무의 꽃봉오리가 필 때쯤이면 차가운 바람이 분다. 그러나 떡갈나무의 꽃봉오리가 열릴 때마다 차가운 바람이 부는 원인이 무엇인지를 나는 알지 못한다. 나는 떡갈나무의 꽃봉오리가 열리는 것이 차가운 바람의 원인이라는 농부의 말에 동의할 수 없다. 왜냐하면 바람의 힘은 꽃봉오리의 영향 너머에 있다. 나는 모든 삶의 현상들이 더불어 일어나는 것처럼 그저 발생의 일치라고 여긴다. 아무리 빈번하게, 아무리 주의 깊게 관찰할지라도……엔진의 밸브와 바퀴들, 그리고 떡갈나무, 나는 도무지 그 무엇이 엔진의 움직임이나 봄바람의 원인인지를 발견할 수 없을 것 같다.

내가 전적으로 나의 시점을 바꾸어야만 한다는 것, 그리고 증기의 움직임의 원리를 공부하고…… 그리고 바람의,

— 톨스토이, 『전쟁과 평화』에서


이 글에 나오는 농부들은 찬바람이 불면 떡갈나무의 잎이 떨어지듯이 꽃봉오리가 열리는 것 또한 찬바람 때문이라고 생각하고 있는 듯합니다. 그러나 이것 역시 "이것이 있은 뒤, 그러므로 이것 때문에"라는 원인에 관해 생각하는 가장 흔한 오류의 하나입니다.

농부들은 찬바람이 불면 잎이 떨어지는 특별한 현상을 일반화하여 찬바람이 떡갈나무의 생장에 어떤 영향력을 행사한다고 믿습니다. 그리고 꽃봉오리가 열리는 것 또한 찬바람 때문이라고 유추합니다. 그러나 이 연속은 우연에 의한 특징이지 절대로 충분한 원인이 될 수는 없습니다.

아시다시피 나무가 생장과 멈춤을 반복하는 직접적인 이유는 기후의 변화에 따른 나무 스스로의 생명활동 때문이지 바람의 움직임 때문은 아닙니다. 그러나 이 같은 오류는 결코 톨스토이의 소설에 나오는 농부들에게만 국한되는 것은 아닙니다. 이점에 관한 브룩스와 워렌의 질타는 한층 더 신랄합니다.

"이 오류는 기회만 주어지면 대다수의 정치가와 많은 역사가들이 팔아먹고 싶어하는 재고품이다. 만일 이것을 금지시킬 수 있다면, 선거 기간 동안에 요란하게 떠들어대는 텔레비전의 홍보 방송 시간은 명상의 시간으로 바뀔 것이고, 도서관의 선반들은 텅 비게 될 것이다. 더 말할 것도 없이, 광고 대행사들은 흑사병에 걸린 듯이 줄줄이 파산할 것이다."*

---

* Cleanth Brooks and Robert Penn Warren, 『Modern Rhetoric(fourth edition, 1979), Harcourt Brace Jovanovich, Inc., 100−101쪽

## 🖉 결과로부터 원인을,
## 원인으로부터 결과를

설득에 필요한 인과관계는 다음과 같은 두 가지 지침에 뿌리를 두고 있습니다. 하나는 결과로부터 원인을 되짚어 추론하는 것이고, 또 다른 하나는 원인에서 시작해서 그것이 특별한 결과를 만들어낼 것을 예측하는 것입니다. 다시 말하면, 이것의 원인은 무엇일까? 이 같은 일련의 상황이 주어졌을 때, 무슨 일이 뒤따라 일어날 것인가? 하는 질문이 그것입니다.

멀티미디어의 등장은 학생들의 학습 환경을 획일적으로 그것도 일시에 실시하는 교육 방식에서 학생들의 개성을 존중하고 자유롭게 자기가 공부하고 싶은 것을 선택하는 방식으로 바꾸는 데에 중요한 역할을 하고 있습니다. 이 멀티미디어의 구조를 유연하게 바꾸어, 멀티미디어를 구성하는 하나 하나의 미디어(텍스트, 그래픽스, 애니메이션, 비디오, 오디오 등)들을 이용자가 원하는 형태로 연결시킬 수 있는 구조 정보를 덧붙인 것이 하이퍼미디어입니다. 따라서 하이퍼미디어는 교육과 오락을 복합할 수 있습니다.

에듀테인먼트edutainment라는 합성어는 '놀이하는 기분으로 학습에 재미를 붙일 수 있는 새로운 미디어'를 의미합니다. 물론 교육공학 분야의 실천적 연구자들은 양질의 오락은 매우 교육적이라고 주장하고, 이미 단조로운 교육용 소프트웨어에 싫증을 느낀 학생들은 미래의 학습 방식을 앞당겨 떠올리며 즐거워할 테지만, 아직도 이 분야에 이해가 적은 많은 진지한 교육자나 근심 많은 학부모들은 학생들이 공부는 안 하고 게임만 한다고 불평을 할지도 모릅니다.

과학기술처 장관을 지낸 서정욱 박사는 미래의 에듀테인먼트의 환경을 이렇게 그리고 있습니다.

미래의 에듀테인먼트 소프트웨어는 오디오와 비디오를 절묘하게 복합한 하이퍼미디어로서 학생들에게 의사(擬似) 체험을 시킬 수 있다. 원래 컴퓨터는 사물에 대한 시뮬레이션을 할 수 있는 정보 시스템이기 때문에 퍼스널 컴퓨터 화면으로 학생들을 끌어들여 가상의 세계를 연출한다. 이것을 가상 현실이라고 한다. 학생들은 하이퍼미디어 퍼스널 컴퓨터가 연출하는 가상 현실 속에서 인공 또는 자연의 사물을 관찰하고, 이해하고, 평가할 수 있다.(중략)

앞으로는 화학 실험도 하이퍼미디어 퍼스널 컴퓨터로 할 수 있다. 화학 실험에 필요한 장치나 설비는 값이 비싸고, 어린 학생들이 다루기에 위험한 것도 많다. 이러한 경우 실제로 실험을 하기 전에 사전 준비로서 컴퓨터로 실험을 시뮬레이션하거나 재현할 수도 있다. 화학 약품을 혼합하는 과정에서 일어나는 폭발 사고는 컴퓨터가 연출하는 가상 세계 속에서 일어나므로 학생들은 안전하게 위험을 체험할 수 있는 것이다. 또한 여러 대의 실험 장치가 없어도 컴퓨터 화면 상에서 몇 번이고 되풀이해 실험할 수 있으므로 많은 비용을 들이지 않고도 산교육을 할 수 있다.

— 서정욱, 「교육 혁명 예고하는 하이퍼미디어」에서

하이퍼미디어가 학생들의 학습 친구로서 사용된다면 엄청난 교육 성과를 이루어낼 것이라는 이 예에서처럼, 만일 그것이 명백하게 자명하다면, 그리고 그 제안된 효과가 교육에 관심이 있는 많은 사람들이 바라는 것처럼 여겨진다면, 그 효과에 대한 설명은 독자들을 충분히 설득할 수 있을 것입니다.

그러나 반면에, 제시된 효과가 특별한 원인에서 비롯된 것이 확실하지 않다면, 그때는 사람들의 요구를 증명해 보여야 합니다. 예를 들면, 외국의 한 제약회사가 성욕 감퇴의 치료를 위해 개발한 「사루비아」라는 의약품이 국내 관련 부처의 제조와 판매를 위한 승인을 얻기 전에, 그 회사는 그들이 주장한 것처럼 「사루비아」라는 의약품이 성욕 감퇴 치료에 탁월한 효과가 있으며, 또 인체에 아무런 부작용도 없다는 것을 설명해야 합니다. 다시 말해서, 무엇인가 왁친처럼 결정적인 효과를 가지고 있다면, 그 제품의 효과에 관해 확신을 줄 수 있는 충분한 증거를 보여주어야만 합니다.

그러나 기업의 단기 차입에 대한 정부의 개입은 시장 경제의 원칙을 훼손한다거나, 혹은 부가세를 삭감하자는 그런 제안은 최소한 기업 경영의 투명성이 담보되거나, 수십 개의 새로운 산업을 유치할 수 있어야 하는 등의 상당한 개연성이 먼저 갖추어져야 국민과 기업을 설득할 수 있을 것입니다.

## 📝 올바른 귀결에는
## 함축된 전제가 있어야 한다

지금 얘기하려는 전제와 귀결은, 앞서 말한 원인과 결과와 쉽게 구별이 가지 않을지도 모릅니다. 사실 원인과 결과의 논점을 밀접하게 결합시키면 전제와 귀결의 논점이 되며, 전제와 귀결은 원인과 결과라는 논점의 더 느슨한 형식으로 보이기 때문입니다.

그 점에서 수사학에서 거론된 라틴어 동사 sequi(이어지다)에서 유래된 consequence(귀결)란 용어는 이 논점을 사용하는 방법을 이해하는 중요한 열쇠가 될 수 있습니다.

일반적으로 남을 설득시키려는 사람은 다음과 같은 논법을 따르려고 애를 씁니다. 어떤 상황이 주어지고(전제), 이 상황으로부터 무엇이 뒤따라 일어났는가?(귀결) 만일 이 전제와 귀결의 사이에서 원인과 결과의 관계를 찾아낼 수 있다면, 그의 주장은 더 강력한 힘을 얻게 될 것입니다.

하지만 그는 뒤따라 일어난 귀결의 방법을 무리하게 사용하지는 않을 것입니다. 예를 들면, 한 남자가 죽었을 때 그의 동거인이

법적인 부인이 아니라면, 그녀는 그의 재산을 상속할 수 없다는 것을 우리는 입증해야 합니다. 여기에는 비록 원인과 결과의 관계는 없지만, 대개의 판결은 현재의 상황에서 비롯됩니다.

일상 생활에서 전제와 귀결의 논법은 알게 모르게 자주 사용됩니다.

"만일 한 여자가 대기업의 정식 직원으로 채용되었다면, 그녀에게는 남자 직원과 똑같은 권리와 혜택이 주어져야 한다."

"만일 고등학생들이 흡연과 음주를 했다면, 그들은 처벌을 받아야 한다."

"만일 그 사람이 신체 건강한 대한민국의 남자라면, 그는 국방의 의무를 수행해야 한다."

때때로 귀결은 전제된 용어의 정의에 따릅니다. 예를 들면, "만일 이 모양이 사각형이라면, 그것은 4개의 각을 갖는다."거나 "만일 이 생명체가 사람이라면, 그는 이성적 동물이다."는 것이 그것입니다. 전제된 용어인 '사각형'과 '사람'은 각각 '4개의 각을 가진 도형', '이성을 가진 동물'로 정의되기 때문입니다.

그러나 앞의 예들은 전제된 용어의 정의에 따른다고 말하기 어렵습니다. 바로 여기에 우리가 유의해야 할 점이 있습니다. 그것은 전제와 귀결의 형식을 취할 때는 적어도 문헌되지는 않았지만, '함축된 전제'가 있어야 한다는 것입니다. 이를테면 앞의 예들에는,

"법적인 배우자가 아닌 여자는 상속을 받을 수 없다."

"모든 직원은 동일과 권리와 혜택을 갖는다."

"고등학생의 음주와 흡연은 학칙에 의해 처벌받는다."

"신체 건강한 대한민국의 남자는 국방의 의무를 갖는다."는 뜻이 함축되어 있다는 것입니다.

표현되지 않은, 전제에 대한 이 같은 가정은 하나의 논법에서 취약한 결점이 될 수도 있습니다. 따라서 이런 논법에서 사람들은 반박하기 위한 출구를 찾곤 합니다. 어떤 교묘한 논쟁자들은 상대적으로 제시된 전제를 절대적이고 보편적인 전제로 해석하여 상대를 곤혹스럽게 만들기도 합니다. 이를 막기 위해서는 그 가정에 대한 조사가 좀더 면밀하게 이루어져야 할 것입니다.

## 🖊 삼단 논법의 대전제인 전제와 귀결

전제와 귀결에 관한 몇 가지 원칙을 검토하면서 우리에게 아주 익숙한 논법을 떠올린 사람도 있을 것입니다. 그렇습니다. 바로 삼단 논법입니다. 전제와 귀결은 다음과 같이 종종 가설에 의한 삼단 논법의 대전제로 복무합니다.

"만일 이 사람이 토박이 시민이라면, 그는 투표권을 갖는다."(A 라면 B이다)

"이 사람은 토박이 시민이다."(그는 A이다)

"그러므로 그는 투표권을 갖는다."(그러므로 그는 B이다)

연역적 추론의 대전제로 활용되는 전제와 귀결의 논법에는 몇 가지 연원이 있습니다. 하나는 다른 연역적 추론의 결론이며, 또 하나는 기하학의 공리 같은 선험적·직관적 지식, 그리고 마지막으로 귀납적 추론의 결론이 그것입니다.

다른 연역적 추론의 결론이 전제와 귀결로 쓰인 경우에는 앞서 말한 대로 그 전제가 다시 문제가 되어 상대에게 의심과 반박의 기회를 줄 수 있습니다. 연역적 추론은 새로운 문제를 생각하고 또한 그 생각을 정리하는 논증의 추리로서의 가치가 있지만, 연역적 추론의 결과에 대한 가치 평가는 그 전제와 모순이 있느냐 없느냐에 따라 결정되기 때문입니다.

대전제의 가장 일반적인 경우는 대개 귀납적 추론에서 가져온 것입니다. 다시 한번 되새기면, 귀납적 추론은 특수한 사실을 보편적 의의로 해석하여 객관적 확실성을 가진 보편 타당한 법칙을 발견하는 것을 목적으로 합니다.

자, 여기서 전제와 귀결의 논법을 사용한 몇 가지 예를 보면서 앞서 말한 몇 가지 원칙들이 어떻게 이용되었는지 살펴보기 바랍니다.


만일 우리가 고대 그리스인들이 자연 현상에 대해 무슨 생각을 했는지 알지 못한다면, 우리는 그들이 한 모든 최상의 생각과 언행을 안다고 할 수 없다. 또 우리가 과학적인 개념에 의해 영향을 받은 분석의 한계를 이해하지 못한다면 우리는 삶에 대한 그들의 태도를 완전히 이해할 수 없다. 그들이 가진 최고의 정신으로 말하자면, 이성의 자유로운 사용은, 과학적인 방법에 걸맞게, 진리에 도달하는 오직 하나의 방법이라는 그들의 확고부

동한 신념에 깊은 감동을 받지 못하면서도, 우리는 어리석게도 그들의 문화의 계승자인양 행동하고 있다.

– 토마스 헉슬리, 『과학과 문화』에서

만일 누군가 흑인 사회를 빠져들게 하는 이 생생한 충동을 깨닫게 된다면, 그 사람은 왜 대중 시위가 발생하는지를 쉽게 이해할 수 있을 것이다. 흑인들은 억눌린 적의와 잠재된 좌절감에 휩싸여 있으며, 그는 그들을 풀어주어야 한다. 따라서 그는 대열을 지어 행진해야 하며, 시청을 순례하는 탄원자가 되어야 하며, 자유의 물결에 실려가야 한다. 그리고 왜 그가 그렇게 하는지를 이해하려고 노력해야 한다. 만일 그의 억눌린 감정이 비폭력적인 방법에 의해 풀어지지 않는다면, 그들은 폭력을 통한 표현을 찾을 것이다. 이것은 협박이 아니라 역사의 사실이다. 그러므로 나는 나의 민족에게 "당신의 불만을 없애라."고 말하지 않는다. 오히려 나는, 이 정상적이고 건강한 불만을 비폭력적인 직접 행동으로 창조적인 출구를 찾으라고 말하려고 시도했다. 그리고 이 접근 방식에는 과격론자라는 이름이 붙여졌다.

– 마티 루터 킹, 『버밍햄 감옥으로부터의 편지』에서

로자 룩셈부르크의 생애라는 매우 흔치 않은 소재를, 대정치가

나 세상에 알려져 있는 인물의 생애를 그리는 데만 적합한 장르 (전기(傳記)를 말함)의 적절한 주제로 선택한 것은 네틀(『로자 룩셈부르크』 전기의 저자)의 천부적인 자질에 속하는 일이다. 로자 룩셈부르크는 그런 유의 인물은 아니었다. 유럽 사회주의 운동이라는 그녀가 활동한 세계에서 보자면 그녀는 오히려 주변적인 인물이었으며, 눈부심과 풍부한 재능을 보여 주었던 시기는 비교적 짧은 기간이었고 그녀의 행위나 씌어진 글의 영향력도 동시대의 사람들—플레하노프, 트로츠키, 레닌, 베벨, 카우츠키 또는 죠레스와 밀르랑과 비교해 볼 수 없는 형편이다. 세속적인 인물을 다루는 것이 이 장르에 있어서의 성공의 전제가 된다면, 네틀은 이 여성을 어떤 방법으로 성공시켜 놓았는가.

— 한나 아렌트, 「로자 룩셈부르크」에서

## 📝 반대는 같은 부류의 사물들의 관계를 규정지을 때 명확해진다

우리는 습관적으로 '다르다'와 '틀리다'를 무의식적으로 혼동해서 사용합니다. 예를 들어, 축구를 좋아하는 부류가 있고, 또 축구에 관심이 없는 부류가 있다고 합시다. 이때 우리는 축구를 좋아하는 사람들이 축구에 관심이 없는 사람들을 일컬어 "그 친구는 우리와 틀려."라고 말하는 것을 어렵지 않게 들을 수 있습니다.

이 말은 분명히 '틀린' 말입니다. 축구를 좋아하는 것과 축구를 좋아하지 않는 것은 서로의 관심이 차이가 있을 뿐이지, 틀린 것, 곧 옳고 그른 문제가 아니기 때문입니다. '다르다'는 '같다', '틀리다'는 '맞다'의 반대입니다. 이 같은 무의식적인 표현에 잠재된 의식을 짐작하는 것은 그리 어려운 일이 아닙니다.

얼른 보기에, 반대와 차이의 논점 역시 매우 닮은 듯이 보입니다. 그러나 두 논점 사이에는 미묘하지만 분명한 차이가 있습니다. 곧 차이는 서로 닮지 않은 사물, 곧 종류가 다른 사물을 포함하지만, 반대는 같은 종류 안에서 서로 대조되거나 모순된 사물들과의 관계를

*말할 때 쓰입니다.*

따라서 차이는 다양한 사물들을 서로 비교할 때 유용하지만, 반대는 같은 부류의 사물들의 관계를 규정지을 때 명확해집니다. 자유와 허가는 차이의 예지만, 자유와 예속은 반대의 예입니다. 반대의 논점이 수사학적으로 어떻게 쓰이는지를 말하기 전에, 반대를 지배하는 몇 가지 원칙에 대해 간단하게 살펴보겠습니다.

반대라는 말은 같은 등위와 유개념 속에 있는 또 다른 하나와 대비된 말입니다. '시끄럽다'와 '차갑다'는 다른 말이지, 서로 반대되는 말은 아닙니다. 왜냐하면 '차갑다'는 온도에 관계되지만, '시끄럽다'는 소리에 관계되기 때문입니다. 따라서 '차갑다'와 '뜨겁다', '시끄럽다'와 '조용하다'는 반대말이 됩니다.

그러므로 만일 한 사람이 '이 책은 나쁘다.'라고 하고, 다른 한 사람이 동일한 조건에서 '이 책은 좋다.'라고 말한다면, 우리는 이 명제는 반대로 대조된다고 말할 수 있습니다.

반대 명제에 대해 우리가 상식적으로 알고 있는 사례를 들어봅시다.

1) 만일 한 명제가 진실이라면, 다른 하나는 거짓이다. 반대 명제는 양립할 수 없다.

2) 만일 한 명제가 거짓이라면, 다른 하나가 반드시 진실인 것

130

은 아니다. 다른 말로 하면 두 개의 명제는 모두 거짓일 수 있다.

만일 같은 문제에 대해 서로 반대되는 주장을 폈다면, 자신들의 주장이 진실이라는 것을 증명함으로써 다른 주장을 불신할 수 있습니다. 이 경우에 사람들은 다른 주장이 거짓이라는 것을 증명하지 않아도 됩니다. 이를테면 내가 '그녀는 공주다.'는 것을 증명했으면, '그녀는 시녀가 아니다.'는 것을 증명하지 않아도 됩니다.

그러나 상대의 명제가 거짓이라는 것이 증명되었다고 해서 그 자신의 명제가 저절로 진실이 되는 것은 아닙니다. 그는 자신의 명제가 진실이라는 것을 계속해서 증명해야 합니다. 이를테면, 내가 그녀가 시녀가 아니라는 것을 증명했다고 해서 그녀가 공주라는 나의 주장이 그대로 받아들여져야 한다고 말할 수는 없습니다. 왜냐하면 그녀는 왕비이거나 여염집 여자일지도 모르기 때문입니다.

## 🖊 반대와 대조를
## 동시에 취한 논법

　반대와 대조를 동시에 취한 논법은 때때로 주어와 술어가 둘 다 반대인 형식을 취합니다. 아리스토텔레스의 수사학에서 종종 인용되는 반대의 논점에 기초한 논법의 예를 들어봅시다.

　"절제는 이롭고, 방탕은 해롭다."

　이 글에서 주어인 '절제'와 '방탕'은 반대입니다. 그리고 술어인 '이롭다'와 '해롭다'도 역시 반대입니다. 우리는 '이롭다'의 대조('해롭다')가 '절제'의 대조('방탕')를 서술할 수 있다는 것으로 '절제는 이롭다'는 첫번째 명제의 진실을 입증할 수 있습니다.

　만일 "전쟁이 불행의 원인이라면, 평화는 우리의 행복을 촉진하는 방법이다."라는 명제를 입증해야 한다면, 우리는 "전쟁은 악이기 때문에 평화는 틀림없는 선이다."라는 말을 자주 들어왔기 때문에 이와 같은 부류의 논법을 진전시킬 것입니다.

　헨리 데이빗 소로우는, 나태란 사람을 무지하고 추잡스럽게 만드는데 반해 근면은 사람을 현명하고 순결하게 만든다고 역설하면서, 근면(노력) 대 나태(게으름), 순결(정결) 대 불결(관능), 그리고 지식 대 무지를 대비시켜 입증하고 있습니다.

　　모든 관능은 비록 그것이 여러 모습을 띠고 있을지라도 하나이다. 모든 순결도 마찬가지다. 관능은 그가 먹거나, 마시거나, 동거하거나, 동침을 하거나 그 속성은 똑같다. 그것들은 하나의 욕망일 뿐이다. 그리고 그가 얼마나 대단한 관능주의자인가를 알기 위해서는 이 가운데 오직 한 가지 행동만 살펴보면 된다. 순결하지 못한 사람은 서 있거나 앉아만 있어도 그대로 드러난다. 두더지는 자신의 굴의 한쪽 입구를 공격당하면, 또 다른 출입구에 모습을 드러낸다. 만일 당신이 정결한 사람이 되고 싶으면 절제해야 한다. 정결이란 무엇인가? 사람은 자신이 정결하다는 것을 어떻게 아는가? 그는 알지 못할 것이다. 우리는 이 미덕에 대해 들은 바는 있으나 그것이 무엇인지 알지 못한다. 우리는 그저 우리가 들은 소문을 이러쿵저러쿵 옮길 뿐이다. 부지런함에서 지혜와 순결이 나오고 나태로부터 무지와 관능이 생긴다. 학생들에게 관능은 게으른 성향이다. 깨끗하지 못한 사람은 죄다 게으른 사람이며, 난로 옆에 웅크리고 있거나, 해가 떠있는 데도 누워 있거나, 피곤하지 않은데도 휴식을 취하는 사람이다. 만일 불결함과 온갖 죄악에서 벗어나고 싶다면,

비록 외양간을 청소하는 일일지라도 부지런히 일하라.

－ 헨리 데이빗 소로우, 『월든』에서

## ✎ 동어 반복과 모순의 두 얼굴

    모든 명제는 자기가 무엇을 말하는지를 드러냅니다. 그러나 비트겐슈타인은 진리 조건이 가능한 집단들 중에 자기들이 말하는 것이 아무 것도 없음을 보여주는 두 개의 극단적인 경우가 있다고 말합니다. 바로 동어 반복과 모순입니다.

    동어 반복은 모든 진리 가능성에 대해 참이고, 모순은 모든 진리 가능성에 대해 거짓입니다. 동어 반복은 아무런 진리 조건을 가지지 않기 때문에 무조건 참이고, 모순은 어떠한 조건에서도 참이 아닙니다.

    우리는 '물이 뜨겁다.'와 '물이 차갑다.'는 반대 명제라는 것을 알았습니다. 모순 명제는 '물이 뜨겁다.'와 '물이 뜨겁지 않다.'는 방법과 대조될 것입니다. "모든 아버지는 남성의 일원이다."와 "어떤 아버지는 남성의 일원이 아니다."는 모순이며, 또 "남성인 아버지는 없다."와 "어떤 아버지는 남성의 일원이다."는 명제도 모순입니다. 동어반복은 "물은 물이다." "뜨거운 물은 뜨겁다." 등이 될 것입니다.

모순은 하나의 사물이 동시에 동일한 점에서 있거나 없게 할 수 없다는 원칙 위에서 성립합니다.

그것을 깨닫는 확실한 방법은 현실과의 비교에 의해서입니다. 비트겐슈타인은 동어 반복과 모순에 대해 다음과 같이 말합니다.

동어 반복과 모순은 현실의 그림이 아니다. 그것들은 가능한 어떤 상황도 묘사하지 않는다. 왜냐하면 동어 반복은 모든 가능한 상황을 허용하며, 모순은 아무 상황도 허용하지 않기 때문이다.[*]

그러나 그렇다고 동어 반복과 모순을 무의미하다고 할 수는 없습니다. 동어 반복과 모순에서도 기호들은 서로 결합(결합의 한계는 해체이다)되어 있으며, 따라서 서로 관계를 지니고 있기 때문입니다. 물론 이 관계는 의미를 상실해 있지만, "'0'이 산술의 상징 체계에 속하는 것과 비슷하게, 상징 체계에 속한다."고 비트겐슈타인은 말합니다.

성철 스님 덕분에 잘 알려진, 선종(禪宗)의 유명한 공안(公案) 하나를 소개해보지요.

---

[*] 비트겐슈타인의 『논리-철학 논고』(이영철 옮김, 천지)의 4.46 명제에 대한 진술(83-84쪽)을 참고하기 바랍니다.

노승이 30년 전에 참선하러 왔을 때는, 산을 보면 산이었고 물을 보면 물이었는데, 뒤에 와서 선(禪) 지식을 친견하고 나름대로 들어간 곳에서는 산을 보아도 산이 아니었고 물을 보아도 물이 아니었다. 이제 몸 쉴 곳을 얻어 전과 다름없이 산을 보면 산이요, 물을 보면 물이다.

청원유신(靑源惟信) 선사의 이 말을, 논리적 체계로 보면 앞서 말한 동어 반복과 모순의 예 그대로입니다. 아시다시피, 선사의 인식은 옳고 그름과 사물과 시간의 변화를 일반적 논리의 눈으로 분석하고 따지는 것이 아니라 자신의 마음의 체험과 직관에 의존하여 모든 것을 파악하고 있습니다. 따라서 앞의 "산을 보면 산이었고, 물을 보면 물이었다."와 뒤의 "산을 보면 산이고, 물을 보면 물이다."의 대구는 결코 같은 등위의 말의 반복이 아닙니다.

이 같은 선종의 사유 방식은 비트겐슈타인의 지적처럼 하나의 '상징 체계'를 거느리며, 그 인식의 변화의 실체는 이처럼 때로는 극적으로 의미 공간 안에 있습니다.

## ✏️ 하나의 진실은 다른 하나의 허위를 필연적으로 수반한다

반대의 경우처럼, 모순 명제에 관해서도 다음과 같이 우리가 이미 알고 있는 것들이 있습니다.

1) 만일 명제 중의 하나가 진실이면, 다른 것은 거짓이다.
2) 명제 중의 하나가 거짓이면, 다른 것은 진실이다.

이런 예를 들어봅시다. 한 의학연구소에서는 흡연이 폐암의 원인이라고 말하고, 어떤 의사들의 모임에서는 폐암의 원인이 아니라고 말합니다. 우리는 그 사실 여부를 확인하기 전에 이들 집단의 의견 가운데 하나는 옳고 하나는 틀리다는 것을 알고 있습니다. 어느 집단의 주장이 옳은지를 결정적으로 증명하는 것은 매우 어렵고 까다로운 문제입니다.

그러나 우리는 여전히 이들 집단 중에 하나는 옳으며, 언젠가 한의학자와 의사들의 집단이 그들이 옳다는 것을 의심 없이 증명할 날이 올 것이라는 것을 알고 있습니다. 그때까지 애연가들은 가장 설득력 있고 개연성이 있는 논법을 펼치는 집단에 의해 흡연을 할 것인가 말 것인가의 결정을 맡길 것입니다.

시인하기 위한 것이든 반박을 위한 것이든 간에, 우리는 하나의 진실은 다른 하나의 허위를 필연적으로 수반한다는 원칙과 관련된 두 명제를 보며 모순을 유용한 하나의 논점으로 인식하게 될 것입니다.

"어떤 사람은 헌법에 모든 시민의 투표권이 보장되어 있다고 주장하고, 또 다른 사람은 헌법에는 그런 권리가 명시되어 있지 않다고 주장한다."

이 두 모순 명제에서 우리는 이것 아니면 저것의 상황에 의해 시작하게 될 것입니다.

"그는 기꺼이 준법 서약을 하든지, 아니면 하지 않든지 할 것이다."

"우리가 한 가지 확실히 아는 것은 미국에 돈이 많은 그녀의 사촌이 살고 있으며, 그는 남자가 아니면 여자이다."

그리고 둘 중에 하나를 고르는 것이 서로 배타적인 관계에서, 이 둘 가운데 하나의 진실을 증명할 수 있다면 다른 하나는 반드시 거짓입니다.

## 명백한 모순, 맹목적인 모순

때로 두 구문 사이의 모순은 명백하기보다는 맹목적일 때가 많습니다. 그 경우 우리의 논법의 경향은 '모순'이라는 용어로 서로 상반된다는 것을 지적하게 됩니다. 예를 들어보겠습니다.

비리 척결을 위한 정치권 사정이 야당 의원들에게 집중되자 야당은 이를 정치 보복이라고 주장했습니다. 그러자 대통령은 한 인터뷰에서 만일 정치권의 사정이 정치 보복의 차원에서 이루어지고 있다면, 나를 용공 분자로 몰고, 내가 밝힌 금액보다 더 많은 돈을 받았다는 허위 사실을 유포한 많은 의원들이 어떻게 의정활동을 계속할 수 있겠는가? 하고 반문했습니다.

다시 말하면, 만일 정치권 사정이 정치 보복의 차원에서 이루어졌다면, 나를 음해했던 많은 야당의 의원들이 아무런 제약을 받지 않고 의정 활동을 하고 있는 것은 서로 모순이 아닌가 라는 주장이었습니다. 대통령은 두 입장이 서로 상반된다는 것을 지적함으로써 결과적으로 정치권 사정은 비리 척결 차원에서 검찰에 의해 이루어지고 있음을 반증하고 있는 것입니다.

그러나 야당과 대통령의 주장의 바탕에 깔린 설명되지 않은 전제에 문제가 있습니다. 야당은 비리 정치인이 야당 의원들에 집중된 것은 정치 보복이라는 전제이고, 대통령은 자신을 음해한 야당 의원들이 정치권 사정의 대상이 된다는 것은 정치 보복일 수 있음을 시인한 것이 그것입니다.

그러나 정말로 순수하게(?) 정치권 사정이 이루어지고 있다면, 그것은 어느 정당의 정치인이 많고 적은지, 또는 대통령 자신을 음해한 적이 있는 정치인과 그렇지 않은 정치인이 포함되어 있는지는 판단의 근거나 기준이 될 수 없습니다. 사정의 대상은 정당이나 정치인의 수나 전력에 관계없이 모든 정치인에게 공정해야 하기 때문입니다.

페레스트로이카가 초래한 사상적 혼란 속에서 페레스트로이카의 철학적 기초를 다지는 데에 그 목표를 둔 러시아의 철학자 아나톨리 라키토프의 『철학의 원리』에서 모순의 논법을 사용한 글을 하나 더 인용해 보겠습니다.

그의 저서는 철학에 관한 중요한 쟁점들을 입장을 달리하는 두 논자 사이의 논쟁의 형식을 빌어 복잡한 철학적 문제를 쉽게 설명함으로써 러시아 대학생들의 철학 입문서이자 필독서로 권장되고 있다고 합니다. 여기서 SI는 주관적 관념론자를 지칭하며, M은 유물론자를 말합니다.

SI(주관적 관념론자) 나는 유물론자나 객관적 관념론자 모두에게 동의하지 않습니다. 나는 이렇게 주장합니다. 즉 어떤 물질도 존재하지 않으며, 그 존재는 설명될 수 없습니다. 개별적인 물질적 대상들은 단지 우리에게 그렇게 보일 뿐이며, 우리의 습관일 뿐입니다.

M(유물론자) 당신은 그러한 견해를 어떻게 입증하죠?

SI(주관적 관념론자) 그러면, 당신은 당신 앞에 있는 책상 위에 사과 하나가 있다는 것을 어떻게 아는지 말씀해보시죠.

M(유물론자) 나는 내 앞에 놓인 책상 위에 둥근 물체가 있다는 것을 보지요. 한쪽 면은 빨갛고, 다른 한쪽 면은 푸르스름함, 좋은 향기를 내뿜고, 시큼한 맛을 가지고 있습니다. 나는 이 물체를 사과라고 부르며, 내가 그것을 보고 만지고 맛보기 때문에 그것은 존재한다고 말합니다.

SI(주관적 관념론자) 그렇죠. '사과'는 단순히 당신의 제반 감각, 즉 시큼하고 둥글며, 한쪽은 빨갛고 다른 한쪽은 푸르며, 좋은 향기를 내뿜는다는 것 등에 대한 명칭입니다. 당신이 '사과'라고 말할 때 단지 당신이 생각하는 것은, 자신이 동시에 보고 맛보고 만지며 냄새 맡는 감각을 경험한다는 점뿐입니다.

M(유물론자) 그것으로부터 뭐가 나오죠?

SI(주관적 관념론자) 다음과 같은 사실입니다. 즉 우리와 독립된 물질적 대상은 존재하지 않으며, 존재하는 것은 특정한 감각들, 더욱이 우리의 사고와 의식 혹은 간단히 말해서 우리의 자아에 고유한 감각들의 조합, 총체뿐입니다. 우리는 이 감각들의 조합을 '사과'라고 부르지요. 따라서 그것은 보고 만지거나 그밖의 다른 감각들의 특정한 조합에 붙여진 명칭일 뿐입니다.

M(유물론자) 그러나 그럴 경우에 당신은, 전세계는 우리의 감각들의 조합일 뿐이며, 세계는 단순히 존재하지 않는다고 주장해야 합니다.

SI(주관적 관념론자) 내가 물질은 존재하지 않는다고 말할 때 염두에 둔 것이 바로 그것입니다. 왜냐하면 '물질'이라는 것도 우리가 생각하기에 단지, 사물들의 반영인 감각들의 방대한 총칭에 대한 명칭이기 때문이죠. 나는 이렇게도 주장합니다. 즉 아무 것도 존재하지 않는다. 우리는 단순히 사물들에 관하여 습관적으로 말할 뿐이다 라고. 실제로, 나의 사고, 즉 나의 자아와 그 곳에 고유한 감각들만이 존재합니다. 물질세계는 우리에게 단지 존재하는 것처럼 보일 뿐이며, 우리의 제반 감각에 관하여 말하는 특정한 방식일 뿐입니다.

M(유물론자) (비꼬듯이 웃으며) 그럴 경우에 당신은 당신 자신과도 불가피하게 모순됩니다.

SI(주관적 관념론자) 그러면 당신 말대로 그 모순이라는 게 뭐죠?

M(유물론자) 당신은 나와 대화하고 있습니다. 그러나 당신은 내가 당신의 감각에서 볼 경우에만 존재한다고 알고 있습니다. 당신의 관점에서 보면 나 역시 감각들의 조합들일 뿐이며, 살아 있고 실재하는 물질적인 인물은 아니죠.

SI(주관적 관념론자) 그래서 어떻다는 거죠?

M(유물론자) 그건 이렇죠. 즉 나는 나 스스로는 존재하지 않고 당신의 제반 감각의 조합일 뿐이며, 결국 당신의 모든 논증은 당신 자신의 감각으로 귀착됩니다. 즉 본질적으로 당신은 자신과 논쟁하고 있고, 당신 자신에게 당신이 옳다는 것을 확인시키려 하고 있다는 거죠. 일관되게 말하면, 당신과 당신의 자아 외부의 사람들은 존재하지 않습니다. 그래서 결국 당신만이 존재하는 것이고 다른 사람들은 세상에 존재하지 않습니다.

SI(주관적 관념론자) (생각에 잠긴 듯) 난 그렇게 생각하지는 않아요. 하지만 당신이 옳고 나의 논증에 잘못된 것이 있는 것 같군요.

— 아나톨리 라키토프, 『철학의 원리』에서

가능성을
입증하라

## 🖊 올바른 사고란 그것의 가능성이
## 참임을 조건으로 하는 사고다

사람들의 생각에는 항상 상황의 가능성이 포함됩니다. 우리가 생각할 수 없는 것은 비논리적이며, 그것에 관해 말하는 것은 불가능합니다. 따라서 생각할 수 있는 것은 가능한 것이기도 합니다. 올바른 사고는 그 가능성이 참임을 조건부로 하는 그런 사고일 것입니다.*

그러나 올바른 사고가 진실임에는 틀림없지만 항상 가장 큰 설득력을 가지는 것은 아닙니다. 게다가 살다보면 자신들이 주장해야 하는 것이 상대편의 주장보다 우월하지 않다는 점을 알면서도 다른 사람을 설득하여 그들을 자신의 편에 서게 만들어야 하는 경우마저도 종종 있습니다.

어떤 일을 하기 위해 다른 사람들을 설득하려면 그들에게 우리가 제안한 일이 가능하다는 것을 보여주는 것도 하나의 방법입니

* 루드비히 비트겐슈타인, 『논리-철학 논고』(이영철 옮김, 천지), 45-46쪽

다. 마찬가지로 우리가 다른 사람의 계획을 말리려고 할 때 역시 우리는 그들이 제안한 일이 실행 불가능하다는 것을 보여주어야 할지도 모릅니다.

어떤 일의 과정이 바람직하다고 느낄 때조차도 사람들은 때때로 그 일에 착수하기를 주저합니다. 왜냐하면 사람들은 그 일이 과연 실행될 수 있는지를 의심하기 때문입니다.


예를 들어보겠습니다. 어떤 선거에서 세 사람의 후보자가 출마했습니다. A는 보수파의 후보이고 B와 C는 개혁파의 후보입니다. 그러나 B는 중도 개혁을 표방하고 있으며, C는 철저한 개혁을 주장하여 진보 진영의 지지를 받고 있습니다. 선거일에 임박해서 실시한 여론 조사 결과 A는 유권자의 40퍼센트의 지지를 얻고 있으며, B와 C는 각각 34퍼센트와 26퍼센트의 지지를 받고 있는 것으로 나타났습니다.

이대로 선거를 실시하면 다수의 지지를 받는 개혁파의 후보가 패배할 것이 틀림없습니다. 이때 B의 선거 진영에서 쓰는 낯익은 전략이 있습니다. 그것은 개혁파를 지지하는 유권자에게 '당선이 가능한' 후보를 밀어줌으로써 적어도 보수파 정권의 탄생을 막자는 것이 그것입니다.

그러나 이 가능성의 논법은 어느 후보가 더 바람직한가에 대한 논의는 대개 생략되고 수의 우세(그 격차는 적다)에 의한 차선의 선택을 요구합니다. 이것이 다수결의 원칙을 택한 사회에서 종종 사용되는 가능성의 논리입니다.

추진하고 있는 일이 실행될 것이라는 확신을 가지고 청중을 부추기는 일반적인 방법은, 비슷하거나 같은 일을 이루어낸 사람들의 예를 드는 것입니다. 대개 그 예들은 행위와 상황의 유사성과 균형을 근거로 제시합니다.

우리는 또한 가능성에 관해 추론적으로 입증할 수 있습니다. 아리스토텔레스는 『수사학』에서 가능성에 관한 논법을 제안했습니다. 아울러 그는 불가능을 위한 또 다른 논법을 제안하지는 않았지만, 다음과 같이 가능한 행동의 끝을 제시했습니다.


"불가능에 관해서 말하려면 연설자는 전술한 것에 반대되는 그가 끌어올 수 있는 모든 논법을 확실하게 펼쳐야 할 것이다."

# ✏️ 가능성을 입증하는
추론적인 논법들

사람들은 가능성을 입증하기 위해 이미 논의된 다른 논점들을 빈번하게 사용합니다. 아리스토텔레스가 제시한 논법의 몇 가지 경향들을 살펴보겠습니다.

### 1. 서로 반대되는 것 중 하나가 가능하면, 다른 것 역시 가능하다

이 가정은 서로 반대되는 것 중에 어느 것도 가능하다는 것입니다. 예를 들면, 비는 오전에 그칠 수도 있고 하루 종일 내릴 수도 있습니다. 그러나 서로 반대되는 것들 중에 어떤 경우는 둘 다 가능하지 않을 수도 있습니다.

예를 들면, 당신이 건강하다면, 당신은 병에 걸릴 수도 있습니다. 하지만 당신이 병에 걸릴 수 있다면, 당신은 건강하다는 것을 입증할 수 없을지도 모릅니다. 왜냐하면, 당신은 불치의 병으로 고통을 받게 될지도 모르기 때문입니다. 따라서 항상 수사학에서는 특별한 경우에도 이용할 수 있는 논법을 찾아내야만 합니다.

## 2. 서로 비슷한 것 가운데 하나가 가능하면, 다른 것도 가능하다

오르간을 연주할 수 있는 사람은 피아노도 연주할 수 있습니다. 책상을 만들 수 있는 사람은 식탁도 만들 수 있습니다. 사람들은 항상 비슷한 가능성의 예를 들어 또 다른 가능성을 입증하려 합니다.


## 3. 두 가지 일 중 어려운 것이 가능하면, 쉬운 것 역시 가능하다

얼마 전 북한이 쏘아 올린 인공 위성이 뉴스의 초점이 된 적이 있습니다. 미국에서는 그 인공 위성이 궤도에 진입하지 못한 것으로 결론을 내렸지만, 그렇다고 적대적인 관계에 있는 주변국들의 긴장을 완화시키지는 못했습니다. 왜냐하면, 만일 북한이 인공 위성을 쏘아 올릴 수 있는 능력을 가졌다면, 그들은 대륙간 장거리 탄도 미사일도 발사할 수 있기 때문입니다. 여기서 정도의 논점에 관련해서 공부한 점진적 논법을 떠올릴지도 모릅니다.


## 4. 무슨 일을 시작할 수 있다면, 그 일을 끝낼 수 있다. 그리고 역으로, 무슨 일을 끝낼 수 있다면 그 일을 시작할 수 있다

아리스토텔레스는 "불가능이란 무슨 일을 시작할 수도 없고, 끝낼 수도 없는 것"이라고 말했습니다. 물론 아리스토텔레스는 시작한 모든 일이 반드시 끝나게 될 것이라고 단언하지는 않았습니다. 단지 그가 주장한 것은 모든 시작은 끝을 내포하고, 모든 끝은 시작을 내포한다는 것입니다.

하나의 제안이 의도대로 받아들여지도록 하기 위해 이 논점을 사용한 사람들은 단순히 가능성보다는 오히려 그 계획이 실행될 수 있으며 손쉽다는 것을 입증해야 합니다. 그 사람들은 사실상 '시작이 반'이며, 신념과 인내를 가지고 시작해야 하며, 그리고 고된 일은 반드시 그만한 결실을 가져온다고 주장하곤 합니다.

## 5. 어떤 일의 부분이 가능하면 그 전체도 가능하다. 역으로 전체가 가능하면, 그 부분도 가능하다

우주선을 쏘아 올리는 일에 몰두한 발명가는 자신의 계획을 실현시킬 수 있는 능력을 가진 자본주를 설득하기 위해 이 논법의 경향을 사용할 수 있습니다. 그는 우주선을 쏘아 올리기 위한 모든 장치와 부품들이 만들어진 적이 있으며, 만들 수 있다는 것을 보여주고, 만일 자본주가 적절한 자본을 투자한다면 한 사람을 우주 공간에 쏘아 올릴 수 있는 로켓을 만들 수 있다고 주장할 수 있습니다.

또 사과를 재배하는 마을에서 세 사람이 자신들이 재배한 사과를 공동으로 출하해서 더 큰 이익을 보았다면, 그 마을에서 사과를 재배하는 사람 모두가 공동 출하하는 것 역시 가능하다는 논법을 사용할 수 있습니다.

전체에서 부분으로의 설득 논법은 자명합니다. 만일 하나의 완성품이 존재한다면, 완성품을 이루는 구성요소들은 당연히 존재해야 하기 때문입니다.

### 6. 하나의 물건이 기술이나 준비 없이 만들어질 수 있다면, 그 물건은 기술이나 계획의 도움에 의해 더 확실하게 만들어질 수 있다

이것은 점진적 논법의 한 종류입니다. 그러나 3항에서 제시한 논법의 경향과는 조금 다릅니다. 3항의 원칙은 어떤 일을 어느 정도 해낼 수 있느냐 없느냐에 관련된 것이지만 6항은 어떤 일을 잘할 수 있느냐 없느냐에 관련되어 있습니다.

사람들은 종종 자신의 경험이나 역사적인 예를 들어 상대를 설득합니다. 이 같은 호소의 방식에 감춰져 있는 것은, "만일 무슨 일이 실행된 적이 있다면, 그것은 다시 행해질 수 있다."는 가정입니다. 우리는 이런 논법을 기초로 '역사는 되풀이된다.'는 교훈을 얻기도 하지만, 진정한 역사의 교훈은 자신의 후손들에게 가슴 아픈 역사가 되풀이되지 않도록 그것을 억제할 수 있는 힘을 키우는 것입니다.

## 📝 개연성, 선택과 배열

　과거의 사실에 대한 우리의 첫번째 관심은 어떤 일이 일어났는가 일어나지 않았는가에 달려 있습니다. 고전 수사학에서는 이것을 법정 변론에서 중요한 부분으로 여겼습니다. 법정 재판에서는 쟁점의 한계를 짓기 위해 어떤 행동이 행해졌는가 그렇지 않은가를 결정하는 것이 대단히 중요합니다.

　만일 어떤 친구가 돈을 훔쳤다고 가정한다면, 그가 돈을 훔치는 과정에서 폭행이나 협박 등의 강제 수단을 사용했는가 안 했는가 하는 사실은 그에게 적용할 법 조항과 형량을 정하는 데에 매우 결정적인 조건이 되기 때문입니다.

　만일 어떤 일이 일어났다면 마땅히 그것을 증명할 수 있는 증거가 있어야 합니다. 증거로 제시된 것들은 물론 과거의 사건에 의해 만들어진, 실증할 수 있는 사실이어야 합니다. 예를 들어, 돈을 빌려주었다면 그에 대한 차용증이 있어야 하고, 누군가 칼로 살인을 했다면 피묻은 칼이 있어야 합니다.

　그러나 세상일이란 그렇게 되기가 쉽지 않습니다. 어떤 사건이 일어났었다고 증명할 수 있는 결정적인 증거를 발견하지 못하는 경우가 대부분이기 때문입니다. 그런 경우에 사람들은 어떤 일이 일어날 수 있는 개연성을 입증하는 데에 많은 시간을 보냅니다.

과거의 사실에 대한 우리의 두 번째 관심은 과거의 사실은 누군가의 선택과 배열에 의해 이루어진다는 점입니다. 모든 일간지의 기사는 그 날에 일어난 많은 사실 가운데 어떤 것들을 취하고(버리고), 또 그것의 위치와 기사의 길이를 정하고, 글자의 크기 따위를 배열함으로써 효과적으로 여론을 움직여나가고 있습니다.

이처럼 과거의 사실들은 선택과 배열을 통해 의미를 갖습니다. 좀더 강하게 이야기하면, 어떤 과거의 사실도 제 스스로 말하지는 않습니다. 외교관이자 역사학자인 E.H. 카아의 말대로, 역사가는 불가피하게 선택적이며, 역사가의 해석으로부터 독립하여 객관적으로 존립하는 역사적 사실이라는 굳은 핵을 믿는다는 것은 앞뒤가 전도된 오류입니다.[*]

이야기가 자연스럽게 역사의 문제로 옮아갔습니다. 내친 김에 카아의 말을 좀더 인용해 보겠습니다.

현대의 중세사 책에서 중세 사람들의 마음은 종교에 깊이 쏠리

---

[*] E.H. 카아, 『역사란 무엇인가』, 황문수 옮김, 범우사, 18쪽

고 있었다는 내용을 볼 때에 나는 어떻게 해서 우리가 이런 일을 알 수 있겠는가. 이것은 진실일 수 있을까 라는 의문을 금할 수 없다. 중세사에 관해서 우리가 알고 있는 사실의 거의 전부는 연대기 작가들이 여러 세대에 걸쳐서 뽑아 놓은 것이다. 그러나 그들은 이론면에 있어서나 실천면에 있어서나 직업적으로 종교 분야에 종사한 사람들이기 때문에 종교만을 가장 중요하게 생각하고 그에 관한 일은 무엇이건 기록했지만 그밖의 일들은 경시했다. 신앙심이 깊다는 러시아 농민들의 모습은 1917년의 혁명으로 무너져 버렸다. 그러나 신앙심이 깊다는 중세인의 모습은 진실이건 거짓이건 무너질 수는 없다. 왜냐하면 중세인에 관해서 알려지고 있는 것의 모든 사실은 그것을 믿었고 또한 다른 사람들도 그렇게 믿어주기를 바라고 있었던 사람들에 의하여 미리 선택된 것이기 때문이다. 그리고 아마도 우리들에게 그 반대 증거가 되어줄 가능성이 있었을 그 밖의 많은 사실들은 모두 없어져서 찾아낼 도리가 없기 때문이다.

— E.H. 카아, 『역사란 무엇인가』에서

# ✏️ 태양이 내일 떠오르리라는 것은
하나의 가설이다

투키디데스*나 타키투스** 같은 고대 역사가는 물론이고 대부분의 역사가들은 역사를 수사학의 한 분야로 생각했습니다. 이런 믿음의 근거는 그들이 역사의 가장 중요한 임무로 어떤 사실이나 현상의 원인을 탐구하기보다는 생생하고 고매한 문체로 이야기를 구성하고 서술함으로써 그곳에서 그들이 바라는 교훈을 얻으려 했기 때문입니다.

아리스토텔레스는 역사가와 시인의 다른 점을 이렇게 말했습니다.

---

\* 투키디데스(기원전 460경-400경) 그리스의 역사가. 소크라테스나 유리피데스 등과 동시대의 사람이다. 기원전 431년, 아테네와 스파르타 사이에 전쟁이 일어나자 대전쟁이 될 것을 예상하고 『역사』를 기록하기 시작했다. 그 저서 『역사』는 기원전 411년까지 아테네가 몰락하는 과정을 생생하게 담고 있다.

\*\* 타키투스(55?-115) 로마의 역사가. 원로원의 의원이자 법무관, 지사 등 정·관계에서 활동하는 한편 우아한 문체를 가진 3권의 단편을 쓰기도 했다. 그 뒤 타키투스는 10대에 걸친 로마 황제사를 기술, 『동시대사』, 『연대기』 등의 저술을 남긴다. 그의 묘사는 극적이며, 문체는 강렬하고 간결하다.

시인의 임무는 실제로 일어난 것을 말하는 데에 있는 것이 아니라 일어날지도 모르는 것, 즉 개연성과 필연성의 법칙에 따라 가능한 것을 말하는 데에 있다는 점이다. 역사가와 시인의 차이점은, 운문을 쓰느냐 산문을 쓰느냐에 있는 것이 아니라(헤로도토스의 작품은 운문으로 고쳐 쓸 수도 있을 것이다. 그러나 그것은 역시 운이 있든 없든 간에 일종의 역사임에 틀림없다) 역사가는 실제로 일어났던 사실을 말하는 데 비하여 시인은 일어날 수 있는 가능성을 지닌 어떤 것을 말한다는 데에 있다.[*]

이것은 자연스럽게 우리가 집중해서 거론할 세 번째 관심으로 우리를 유도합니다. 다시 말하자면, 무슨 일이 일어날 수 있다는 가능성은 수사학자를 움직이는 주된 영역이기 때문입니다.

미래의 사실, 더 정확하게 말하면 미래의 가능성은 어떤 일이 일어날 것이냐 그렇지 않을 것이냐는 문제와 관계가 있습니다. 그것은 아리스토텔레스의 말대로, '개별적인 것'이 아니라 '보편적인 것'이기 때문입니다.

사람들은 미래의 가능성은 과거의 경험에서 찾아진다고 믿고 있습니다. 이 단순한 믿음의 근거는 미래의 가능성은 과거의 사실

* 아리스토텔레스, 『시학』, 손명현 옮김, 박영사, 63쪽

들처럼 이루어질 것이라는 기대에서 비롯됩니다. 그러나 미래의 가능성이 과거의 경우와 비슷하게 일어나리라는 기대에는 아무런 근거나 내용이 없습니다.

영국의 철학자인 버트란드 러셀은, 비트겐슈타인의 『논리-철학 논고』의 서문에서, 이 점에 관한 비트겐슈타인의 강력한 명제에 좀더 알기 쉬운 설명을 덧붙이고 있습니다.

그는 "우리는 미래의 사건들을 현재의 사건들로부터 추론할 수 없다. 인과 관계에 대한 믿음은 미신이다."라고 말하고 있다. 태양이 내일 떠오르리라는 것은 하나의 가설이다. 우리는 사실 그것이 떠오를지 여부를 알고 있지 못하다. 왜냐하면 어떤 것이 일어났기 때문에 다른 어떤 것이 일어나지 않으면 안 될 강제성은 존재하지 않기 때문이다.[**]

결국 미래의 가능성을 확신시킬 수 있는 논증의 기술은 없습니다.

[**] 비트겐슈타인, 『논리-철학 논고』, 이영철 옮김, 천지, 21쪽

## 📗 과거의 사실에 관한 설득의 논법

과거의 사실을 경험적으로 체계를 세워 정돈할 수 없는 곳에서는 추론적인 사고가 대신해서 우세해집니다. 따라서 가능한 전제로부터 어느 정도 가능한 결론을 입증해야 합니다. 이번에는 과거의 사실에 관해 다른 사람들을 설득하기 위해 사용할 수 있는 몇 가지 논법의 경향들을 살펴보겠습니다.

### 1. 가능성이 적은 사건이 일어났다면, 가능성이 많은 사건이 일어날 개연성은 더 높다

다시 점진적 논법이 떠오르지요. 통계학자들은 과거에 발생한 일의 개연성을 확립하기 위해 이 논법의 경향을 사용합니다. 만일 많은 수의 세 쌍둥이가 태어났다면, 그에 비례해서 더 많은 수의 쌍둥이가 태어난다는 논법입니다.

고소한 변호사가 재판관에게 피고의 죄를 설득시키기 위해 이 논법의 경향을 사용한 경우를 떠올려보겠습니다.

"인정한 바와 같이, 이 사람이 그의 아버지로부터 돈을 훔치는 죄를 범했다면, 그가 자신의 회사의 돈을 횡령할 가능성은 충분하다고 생각합니다."

개연성의 정도는 사건의 발생 빈도가 높을수록 증가합니다.

### 2. 어떤 일에 뒤이어 무엇인가 다른 일이 일어났다면, 바꿔 말하면, 전거가 드러났다면, 자연적인 결과 역시 일어난다

사람들은 본능적으로 이 방식에 따릅니다. 만일 천둥소리를 들었다면, 우리는 번개가 쳤다고 생각합니다. 또는 번개가 쳤다면, 천둥소리가 뒤따라 일어납니다. 만일 누군가 무엇인가를 잃어버렸다면, 우리는 그가 이전에 그것을 가지고 있었다고 생각합니다. 아이가 열이 나면, 우리는 그 아이가 어떤 병에 걸렸다고 가정합니다. 만일 한 남자가 눈가에 멍이 들고 입술이 퉁퉁 부어 있다면, 우리는 그가 싸움을 했거나 문에 부딪쳤다고 자연스럽게 상상합니다.

### 3. 누군가 어떤 일을 하기 위한 기회와 욕망을 가졌다면, 그는 그 일을 해낼 수 있다

여기에 개연성을 강화하는 하나의 원칙이 있습니다. 곧 사람들은 자제력의 부족 때문이든지 아니면 식욕이 넘치기 때문이든지, 자신들이 좋다고 느끼고, 그 기회를 가졌을 때 자신들의 욕망을 채운다는 것입니다.

역시 고소한 변호사는 피고가 죄를 지었다는 것을 재판관에게 확신시키기 위해 이 논증을 사용할 수 있습니다. 다만 이런 추이의 논법은 죄의 혐의를 더 강하게 하는 데에 지나지 않습니다. 그러나 유죄를 드러낼 수 있는 다른 증거와 결합된다면, 그들은 더 큰 설득력을 보일 것입니다.

일어난 어떤 일의 개연성을 떨어뜨리는 논법은 전술한 경향의 주장을 뒤바꾸면 됩니다.

# 미래의 가능성에 관한 설득의 논법들

사람들은 대개 미래의 가능성에 근거한 것보다 과거의 사실에 근거를 둔 개연성 있는 논법에 더 많이 의존하곤 합니다. 왜냐하면, 어떤 일이 일어난 그곳에는 항상 그 일이 정말로 일어났는가 하는 증거를 발견할 기회가 있기 때문입니다.

그러나 미래의 사건이라는 것은 항상 불확실하다는 특징이 있습니다. 여기에 미래의 사건의 가능성에 관해 다른 사람들을 설득하기 위한 논법을 암시하는 몇 가지 경향이 있습니다.

## 1. 무슨 일을 이루어내려는 힘과 욕망이 있다면, 그 일을 해낼 수 있다

우리 나라는 노태우 대통령이 집권했던 6공화국 시절에 일찌감치 핵무기의 개발과 소유의 포기를 선언했습니다. 그것이 진정으로 평화를 바라는 국가의 대통령으로서의 자율적인 결정이었다고 믿고는 있지만, 핵 감축 의지를 확산시키기 위한 가장 강한 논법의 하나는 핵무기를 소유하는 것입니다. 이것이야말로 적대국의 끊임없는 핵 위협에서 자유로워지는 길입니다.

그러나 어떤 평화주의자들은 핵 폭탄의 사용은 가능하지도 않고, 불가피한 것도 아니라는 극단적인 주장을 하기도 합니다. 앞서 말한대로, 상대방의 힘과 욕망을 억제시킬 수 없는 상황이라면, 굴욕적인 역사는 늘 되풀이됩니다.

## 2. 어떤 일의 조짐이 있다면, 그 결과는 자연히 일어날 것이다

"먹구름이 모여들면 비가 올 것이다."(아마 기상 예보관조차도 이 일이 정확한 개연성이 있다는 것을 시인할 것이다.)

"흥분한 관중들이 광장에 모여들면, 폭력이 뒤따를 것이다."(물론 한일 월드컵 때 우리의 거리 응원은 예외였지만)

이렇듯 어떤 결과는 규칙적으로 일어납니다. 높은 개연성은 사실상 확실함에 가깝습니다. 꼭 닫힌 방이 가스로 가득 찼을 때, 누군가 성냥불을 그어댄다면 폭발이 일어날 것이란 것이 사실상 확실한 것처럼 말입니다.

## 3. 수단이 적절하면, 그 결과는 이루어질 것이다

세계의 도박사들은 월드컵 경기에서의 유력한 승자를 거의 정확하게 고릅니다. 그러나 모든 사람이 아는 것처럼, 최고의 선수와 감독이라는 '최선의 수단'을 가진 팀이 항상 월드컵 경기에서 우승하는 것은 아닙니다. 한일 월드컵 때 프랑스와 아르헨티나를 떠올리면 쉽습니다.

이 같은 논법은 정치적 토론에서 자주 보아왔던 것이기도 합니다.

자, 우리가 적정한 가격으로 믿을 만한 전기 자동차를 만드는 법을 압니다. 그것은 가까운 미래에 나타날 것입니다. 좀더 확대하면, 우리는 대기를 오염시키지 않는 자동차를 만들어 낼 것입니다.

마틴 루터 킹 목사는 자신의 글에서 흑인들은 자유와 평등을 위한 투쟁에서 결국 승리하게 될 것이라는 주장을 지지하기 위해 미래의 사실의 논점과 과거의 사실의 논점을 능숙하게 섞어서 사용하고 있습니다.

나는 교회가 합심해서 이 결정의 시간의 도전에 응하기를 바란다. 그러나 교회가 정의의 도움을 미룰지라도 나는 미래에 대해 절망하지 않는다. 나는 우리의 동기가 오해를 받는다 할지라도, 버밍햄에서의 우리의 투쟁의 결과에 대해 두려워하지 않는다. 우리는 버밍햄과 이 나라의 곳곳에서 우리의 목표인 자유를 얻을 것이다. 왜냐하면, 미국의 목표 또한 자유이기 때문이다. 비록 우리가 비난과 질시를 받는다 할지라도, 우리의 운명은 미국의 운명과 한데 묶여 있다. 순례자들이 프리머스 항구에 도착하기 전에, 우리는 여기에 있었다. 제퍼슨의 펜이 역사의 장을 가로질러 독립 선언문의 장대한 말들을 새겨 넣기도 전에, 우리는 여기에 있었다. 200여 년 전부터 우리의 조상들은 노임도 받지 않고 이 나라에서 일을 했으며, 목화 왕을 만들었고, 치욕과 극심한 불법 행위로 고통을 받으면서도 우리의 조상들은 자신의 주인의 집을 지었으며, 끝도 없는 생명력으로 지금까지 쉬지 않고 번영하고 발전했다. 노예의 신분이 주는 이루 말할 수 없는 핍박이 우리를 멈추게 하지 못했다면, 우리가 지금 직면한 반대도 반드시 극복해낼 것이다. 우리 나라의 신성한 유산과 끝없는 신의 가호가 우리의 바람의 메아리 속에서 구체화될 것이라는 것을 믿기 때문에 우리는 우리의 자유를 쟁취할 것이다.

– 마틴 루터 킹, 『버밍햄 감옥으로부터의 편지』에서

주어진
자료에서
논거를
추출하라

# ✐ 누구나 알고 있는 것이
가장 설득력이 크다

길을 가는데 많은 사람들이 웅성거리며 모여 있습니다. 그냥 지나갈 수 없겠지요? 사람들은 그곳에서 무슨 일이 벌어지고 있는가를 알고 싶어합니다. 여러분들은 아마도 비슷한 호기심에서 발꿈치를 들고 기웃거리거나 또는 다른 사람들에게 물어본 경험이 있을 것입니다. 그리고 그의 불투명한 말에 따라, 대부분 더 구경할 것인지 아니면 그냥 지나칠 것인지를 결정합니다.

그러나 과학적인 태도와 민주적인 풍토에서 살던 사람이라면 '사정을 잘 아는' 사람의 결정이나 당위의 목소리에 동요되거나 흔들리지 않을 것입니다. 사실들을 다시 확인할 수 있다면, 사람들은 누군가의 의견보다 사실을 더 좋아합니다. 게다가 현대의 기술 문명은 경험에 근거를 둔 영역으로 더 크게 확장함으로써 사실을 되찾을 수 있는 가능성을 열어 놓고 있습니다.

사실을 선호하는 또 다른 이유는 대부분의 의견은 믿을 수 없기 때문입니다. 누구나 자신의 의견을 진실이라고 말하기 때문에 사람들은 단순하게 진실이란 말만으로 무언가를 기꺼이 받아들이지 않습니다. 그런 그들에게 설득의 힘을 실어주는 것은 오직 '사실' 뿐입니다.

당위(當爲)란 어떤 상황을 이해하는 데에 필요한 다른 사람의 의견이나 마땅히 있어야 하고, 또 반드시 해야 할 일이라고 요구되는 것을 말합니다. 오늘날 많은 사람들, 특히 젊은 사람일수록 이 당위를 받아들일 마음의 자세를 가지고 있지는 않지만, 그들은 종종 당위에 의존한 상황에 의해 간섭받습니다.

오히려 당위는 경험에 의해 이루어진 적이 있는 사실보다 별다른 반성 없이 쉽게 옮겨지고 있기 때문입니다. 다른 사람의 의견은 아직까지 인간사를 풀어나가는 데 중요한 부분으로 작용합니다.

오늘날의 지식이란, 무엇에 관해 단언하지는 못해도 다양성을 주고, 전문화한다는 이유에서, 사람들은 자신들의 영역에서 모든 지식을 취합니다. 또 한 사람이 세상에서 일어나는 일을 죄다 알 수 없다는 전제에서 대부분의 사람들은 사실에 관한 몇몇 전문가의 '말'을 믿지 않을 수 없습니다. 게다가 사람들이란 주로 불확실하고, 예측할 수 없는 문제에 대해 논쟁하기 때문에 그들의 논쟁은 자연스럽게, 결정된 사실이나 해결된 결말로 귀결되기 십상입니다.

비록 누구나 알고 있다는 점이 절대적인 믿음을 가져다줄 수는 없습니다. 하지만 그것이 큰 설득력을 가지고 있다는 점만은 인정해야 합니다. 우리는 아마추어가 증명하는 것보다 전문가의 증명을 더 신뢰하며, 또 자신의 능력 밖의 것을 말하는 사람보다 자신의 전공 분야와 관련된 문제에 관해 언급하는 사람을 더 신뢰합니다.

군 현대화 계획이 담긴 기밀 문서의 유출로 인한 국가 안보의 위험에 관한 국회조사위원회는 군 장비에 대해 아무리 관심이 있고 정통한 시민일지라도 평범한 시민들보다 명성 있는 군사 전문가나 국방과학연구소장의 말에 더 큰 주의를 기울이기 마련입니다. 물론 전문가의 의견이 항상 옳은 것으로 결론이 나지는 않습니다. 하지만 아마추어의 의견보다는 전문가가 옳을 것이라는 개연성은 항상 더 큽니다.

때때로 전문가들도 의견의 모순을 보입니다. 동등한 자격과 능력을 가진 전문가들로부터 모순된 증명을 검토할 때, 우리는 누구의 의견을 받아들일 것인가를 결정하기 위해 또 다른 비평가의 말을 들어야 할지도 모릅니다. 이 때 우리는 다음과 같은 질문을 하게 됩니다.

1. 표현된 의견 자체에 뭔가 모순되거나 일관성이 없거나 비논리적인 것은 없는가?

2. 전문가들은 자신이 제시한 의견에 영향을 주거나 왜곡할 만한 선입견을 갖고 있지는 않는가?

3. 전문가 중에 누가 딴 속셈이 있는가? 누가 우월한 입장에 있는가, 누가 문제 해결 능력이 있는가?

4. 어느 전문가의 의견이 다른 사람이 갖고 있는 정보보다 더 믿을 수 있고, 가장 최신의 정보에 기초했는가?

5. 어느 전문가의 의견이 더 많은 그리고 더 권위 있는 전문가들에 의해 받아들여지는가?

6. 표현된 의견에 깔린 기본적인 가정은 무엇인가? 이 가정 중에 어느 것이 취약한가? 이 가정의 제시는, 전문가들 사이의 갈등이 사실은 다른 관점에서 같은 문제를 바라보기 때문이라는 것을 더 명백하게 드러내는가?

# 부풀려진 책 광고 때문에
## 죽은 사나이

증빙 자료 역시 당위의 논점과 유사한 형식을 가지고 있습니다. 증빙 자료란 추천서, '부풀린' 광고, 책표지나 날개에 쓴 호의적인 단평, 특별한 증인의 감정, 여론 조사, 베스트셀러 목록, 시청률 등으로, 이것의 전술적 목적은 의견과 행동, 또는 수용에 영향을 주려는 것입니다.

따라서 증빙 자료는 공정하고 설득력을 갖춘 전문가로부터 발생하지 않으면 안 됩니다. 때때로 증빙 자료의 설득력은 평가나 추천을 제안한 사람이 그 분야에서 얼마만큼의 권위를 가지고 있느냐에 따라 좌우됩니다.

예를 들어, "박세리는 ○○골프 웨어를 입는다."는 광고 슬로건은 그가 유명한 골프 선수이기 때문에 ○○골프 웨어를 사는 많은 사람들에게 영향을 줄 수 있습니다. 이 같은 시도의 광고 슬로건은 상품을 추천한 사람에 대해 내린 평가에 따라 그 상품에 대한 평가가 달라진다는 것을 전제로 합니다. 수사학적인 용어로써 증빙 자료는 윤리적인 호소에 해당됩니다.

아리스토텔레스는 호소의 종류를 언급하면서, 윤리적인 호소야
말로 정서적 호소나 이성적 호소보다 종종 더 큰 설득 효과를 갖
는다고 말합니다. 사람들은 박세리가 훌륭한 골프 선수라는 점이
좋은 골프 웨어를 고르는 데 필연적으로 어떤 자격을 주지는 않는
다는 것을 잊어버리는 경향이 있습니다. 박세리는 특정 회사의 제
품을 추천함으로써 그 제품의 광고주로부터 돈을 받는 존재일 뿐
이지, 특정 상품의 질에 관해 무엇인가를 필연적으로 증명하지는
않습니다.

여기서 우리는 두 가지 일반적인 관찰을 할 수 있습니다. 곧 증
빙 자료는 어떤 상황이나 어떤 청중들에게 눈에 띄는 설득력을 가
지고 있긴 하지만, 대신에 반박에 눈에 띄게 취약하다는 것입니
다. 물론 모든 증빙 자료와 부정직하거나 불성실하거나 부적절하
기 때문에 불신을 받는다고 말할 수는 없습니다. 다만 증빙 자료
를 무비판적으로 받아들이거나 사용해서는 안 된다는 점을 말하
고자 할 뿐입니다.

다음 예는 한 증빙 자료(부풀린 광고)가 어떻게 한 인물을 비극적
인 결말로 이끄는가를 몸서리치도록 간명하게 보여줍니다.


1928년, 그는 헤르만 발쉬도르프 출판사를 위해 『세퍼 예지라』

를 번역했었다. 이 출판사의 과장적인 도서 목록은 상업적인 의도에 따라 번역자의 명성을 과대 포장했다. 홀라딕의 생사를 손 안에 쥐고 있는 게슈타포 우두머리 율리우스 로스가 이 도서 목록을 면밀히 조사했다. 사람들은 대체로 자신의 전공 분야가 아닌 경우 어떤 것에 대해 쉽게 판단을 내리는 경향이 있다. 율리우스 로스는 고딕체로 씌어진 두어 개의 형용사만을 가지고서 대번에 홀라딕이 중요한 인물일 거라는 판정을 내렸다. 처형 일자는 3월 29일 오전 9시로 잡혔다.

— 호르헤 루이스 보르헤스, 「비밀의 기적」에서

## 믿을 만한 통계, 믿을 수 없는 통계

증빙 자료와 유사한 것이 통계의 인용입니다.

"하루에 만 명의 사람들이 새우 과자를 사먹었다."

"지난해에 새로 지은 집의 58퍼센트가 방범 설비를 달았다."

"인터넷 사용자 100만 명 가운데 일 주일에 한 번 이상 구글을 이용하는 사람은 50만 명이다."

때때로 이 같은 전략은, 많은 사람들이 그렇게 하는 것은 그것이 좋기 때문이라는 시류에 편승한 전술에 따른 것입니다. 물론 여러 가지 유사한 상품들 가운데 어떤 상품을 다른 것보다 특별히 애용하는 것은 그것이 더 좋기 때문이며, 따라서 다른 상품보다 질이 더 낫다는 증거가 될 수 있다는 점을 완전히 부정할 수는 없습니다.

대부분의 사람들은, 모든 것이 동등하다면, 질이 좋은 상품이 겉만 번지르하거나 평범한 상품을 능가해서 오래도록 승리를 지킬 것이라고 믿고 있습니다. 따라서 통계는 많은 토론에서 유용하고 효과적인 논점이 될 수 있습니다.

우리가 통계를 사용할 때를 대비하여 준비해야 할 것은 보증할 수 있는 추론을 만드는 것입니다. 정확하고 합법적으로 얻기만 한다면, 통계는 하나의 '사실'을 확인시켜 줍니다.

내가 인터뷰한 고소득 주택단지에는 28명의 주부들이 있었다. 30대나 40대 초반의 몇몇 여자들은 대학 졸업자들이었고, 그보다 나이가 적은 부인들은 대개가 결혼하기 위해서 대학을 중퇴한 사람들이었다. 그들의 남편들은 가치가 있는 직업을 갖고 있었다. 이 부인들 중 한 명만이 직업을 갖고 있었고, 대부분의 부인들은 사회 활동에 참가하면서 어머니의 역할을 직업으로 삼고 있었다.(중략)

이 지역 사람들은 여성적인 만족감에 문자 그대로 충실하게 따르고 있었다. 따라서 한 소녀가 "나는 커서 의사가 될 테야."하고 말한다면 그녀의 어머니는 이렇게 정정할 것이다. "안돼, 너는 여자이니까 엄마처럼 현모양처가 되어야 한단다."

그러나 어머니처럼 된다는 것이 과연 무엇일까? 이들 28명의 주부들 가운데 정신 분석 치료를 받고 있는 사람이 16명이나 되었다. 8명은 신경안정제를 복용하고 있었고 자살을 기도했던 사람도 몇 명 있었다. 우울증이나 불확실한 정신병 증상 때문에

여러 번 입원을 한 사람도 있었다. (중략)

이 부인들은 훌륭하고 지성적인 미국 여성들로 그들의 천부적인 재질, 가정, 남편, 자녀들은 남들의 선망의 대상이 되기에 충분했다. 그런데 왜 그런 여성들의 신경이 안정치 못한 것일까? 그 후 나는 이와 같은 유형을 비슷한 지역에서 계속 발견하고는 이것이 결코 우연의 일치가 될 수 없다고 생각했다. 이런 이들은 대체로 한 가지 공통점이 있다. 그들은 고등학교 교육을 받으면서 그들의 비범한 천부의 재능과 능력을 개발시켰다. 그런데 그들이 교외에서 지금 누리고 있는 가정 주부로서의 삶은 그들의 재능을 부정하고 있었다.

— 베티 프리단, 『여성의 신비』에서


그렇다고 통계가 항상 사실로부터 만들어진 추론을 제공하지는 않습니다. 어떤 책이 베스트셀러 목록에서 1년 이상 1위를 고수했다는 사실은 많은 사람들이 이 책을 샀다는 사실을 말합니다. 그러나 그 사실을 토대로 "가장 많이 팔린 소설이 지난 해에 가장 많은 광고비를 지출했다."거나 "이 베스트셀러 소설을 드라마로 만들면 깊은 감동을 받게 될 것이다."라고 단언하는 것은 반드시 옳지는 않습니다.

앞에서 예시한 통계에서 보듯, 통계는 우수한 것을 결정한다기보다는 반대되거나 모순된 주장을 해결하는 데에 사용될 수 있습니다.

"대학을 나온 사람이 대학을 졸업하지 않은 사람보다 돈을 더 많이 번다."라는 주장과 "대학을 나오지 않은 사람이 대학 졸업자보다 돈을 더 많이 번다."는 서로 다른 주장이 있다고 합시다. 이 두 구문은 정확하게 모순됩니다. 우리가 모순의 논점에서 살펴본 바대로 이들 구문의 하나가 진실이면, 하나는 거짓입니다. 어느 주장이 진실인가를 결정하는 가장 명백한 방법은 통계를 인용하는 것입니다. 최근의 한 일간지에 난 기사를 옮겨보겠습니다.

"포브스가 최신호에서 발표한 미국의 400대 갑부 중 대학을 졸업하지 않는 58명의 평균 재산이 48억 달러(약 6초 7천억 원)로 아이비 리그 등 명문대 학위 소지자들의 평균 재산인 25억 달러(3조 5천억 원)에 비해 거의 2배에 달하는 것으로 나타났다. 또 부모로부터 거액의 재산을 상속받은 덕분에 갑부에 진입한 사람들이 171명인 데 반하여 맨손으로 일어서 부를 축적한 자수성가형 부자들은 전체의 57퍼센트인 229명이나 됐다."

통계는 모든 종류의 주장을 지지하거나 불신하는 데에 사용할 수 있습니다. 다만 이 논점을 사용하기 위해 꼭 지켜야 할 점은 사람들은 무비판적으로 통계를 받아들이지 않는다는 것입니다. 통계는 항상 다음과 같은 질문에 도전을 받게 됩니다.

1. 이 통계의 근거는 무엇인가?
2. 그 근거는 믿을 만하고, 편견은 없는가?
3. 이 통계 숫자는 어떻게 조사되었는가?
4. 표본 추출은 믿을 수 있는 대리인의 조사였는가?
5. 이 숫자는 언제 집계되었는가?
6. 이 숫자는 다른 근거로부터 얻는 숫자에 의해 반박되거나 대치되지 않는가?

여론 조사는 현대 생활에서 그 역할의 중요성이 점점 더 커지고 있습니다. 최고의 여론 조사 기관은 외삽할 표본을 찾기 위한 과학적인 법칙을 궁리함으로써 놀랄 만큼 정확한 기록을 성취했습니다. 컴퓨터 역시 통계로부터 만들어진 예측과 판단의 신뢰성을 점점 더 높이고 있습니다.

그러나 아무리 과학적인 법칙과 높은 신뢰를 가지고 있다고 하더라도, 개별 인터뷰 같은 여론 조사의 기술은 짜 맞출 수 있는 위험 또한 높다는 것을 알아야 합니다.

질문의 표현은 거리에서 만난 사람들의 반응에 영향을 줍니다.

어느 때는 논점을 교묘히 피해 가는 말들이 질문 속에 들어 있기 때문에 사람들의 반응은 편견을 갖기에 충분합니다. "과도한 세금의 폐지를 찬성하는가?"와 같은 질문에 대한 긍정적인 반응을 대부분의 사람들이 세금의 폐지를 원한다는 의미로 뜻을 풀어서는 안 됩니다.

그런가 하면 때때로 질문의 병치는 선입견을 줄 수 있습니다. "파괴를 일삼는 과격한 노조는 사회에서 매장시켜야 하는가?"라는 질문에 뒤이어 "△△노조는 사회에서 매장시켜야 하는가?"라는 질문을 한다면, 두 번째 질문에 대한 반응은 의심할 것 없이 첫 번째 질문의 반응에 대해 편견을 갖게 할 것입니다.

몇 년 전에 한 방송사가 "IMF의 구제 금융을 받고 있는 상황에서 경부 고속 전철을 반드시 놓아야 하는가?"라는 질문을 가지고 찬성과 반대로 여론 조사를 실시했습니다. 그러나 이것 역시 그것이 여론 조사라는 방식으로 사업의 실시 여부를 판별할 성질의 일인가?라는 의문과 관계 없이, IMF의 구제 금융을 받고 있는 시점을 강조함으로써 응답자의 반응에 대한 편견을 조장할 우려가 있으므로 올바른 여론 조사 기법으로서의 한계를 드러냈다고 할 수 있습니다.

개별 인터뷰에서 지적되는 또 하나의 근본적인 약점은 여론 조사원이 만든 두 가지 가정에서 유래됩니다. 하나는 사람들은 항상 그들에게 던져진 질문에 대해 확실한 생각을 가지고 있다는 것이고, 둘째는 사람들이 그들에게 던져진 질문에 진실한 대답을 해줄 것이라는 것입니다.

과연 거리에서 만난 시민들이 대통령 선거 유세가 벌어지는 상황에서 어느 후보를 지지할 것인가를 항상 알고 있을까요? 만일 그들이 아직 후보를 결정하지 못했다면, 그들은 때때로 정직하지 않은 대답을 줄 수 있습니다. 왜냐하면 그들은 그 순간 자신이 지지하는 후보를 정말로 알 수가 없다는 것을 여론 조사원에게 말한다는 것은 부끄러운 일이기 때문입니다.

질문이 복잡하게 얽혀 있을 때, 응답자가 자신의 마음을 알지 못할 가능성은 점점 더 커집니다. 물론 조사원은 응답자에게 '결정할 수 없음'이라는 대답을 허용함으로써 불확실한 마음의 상태에 대한 대비를 합니다. 하지만 때때로 어떤 사람은 자신이 결정할 수 있는지 없는지조차 결정할 수 없는 경우가 있습니다.

그런가 하면 어떤 사람들은 진실한 대답을 하지 않음으로써 고의적으로 질문자를 속이기도 합니다. "당신이 읽은 책에 ○표를 하시오."라는 질문을 주고 20권의 책 이름을 적어 놓았습니다. 물론 이 가운데는 존재하지 않는 책도 있었습니다. 그러나 적지 않는 수의 사람들이 그 존재하지 않은 책에 ○표를 했다는 통계는 바로 이 점을 입증하고 있습니다.

이처럼 통계의 설득력은 자신의 논법을 펼칠 때, 약점은 상대의 논법을 공략할 때 사용할 수 있습니다. 신중하게 사용하면, 통계는 설명적인 논점과 논술에 유용할 수 있습니다.

## 격언이 주는 남다른 고귀함과 짙은 호소력

말을 잘 하는 사람은 종종 사람들의 허를 찌르는 매력적인 구문들, 곧 교훈과 속담, 유명한 말, 재치 있는 선언, 자명한 진실, 함축성 있는 일반론으로 이루어진 격언들을 적절하게 사용함으로써 큰 설득력을 얻습니다. 아리스토텔레스 역시 『수사학』에서 생략 삼단 논법의 머릿글로 격언을 다루었습니다. 왜냐하면, 그가 살펴본 바대로 격언은 삼단 논법의 전제의 하나로 구성되기 때문입니다.

예를 들면, 재정 문제에 관한 논술에서 "바보는 자신의 돈을 간수하지 못한다."는 말을 쓸 수 있습니다. 이 속담은 다음과 같이 완전한 논법을 제시합니다.

> 바보는 자신의 돈을 관리하지 못한다.
>
> 철수는 돈이 생기는 문제에 대해 명백한 바보다.
>
> 철수는 자신이 투자한 돈을 제대로 거두지 못했다.

격언은 특별한 문제가 아니라 보편적인 문제에 관한 진술입니다. 그러므로 "그 나그네는 마르고, 유난히 눈이 커 보인다."는 진술은 격언이 될 수 없지만, "마르고 눈이 큰 사람은 겁이 많다."고 바꿔 말하면 그것은 격언이 될 수 있습니다.

그러나 그렇다고 모든 일반적인 진술이 격언으로 여겨지는 것은 아닙니다. "두 점 사이에 가장 짧은 거리는 직선이다."는 격언이 아닙니다. 격언은 인간의 행동에 관한, 인간의 행동에서 피하거나 선택할 수 있는 것에 관한 일반적인 진술입니다.

아리스토텔레스에 따르면, 격언의 가치는 하나의 담론에 '도덕적인 특성'을 주거나 다른 사람을 설득하는 데에 매우 중요한 윤리적인 호소력을 갖는 데에 있습니다. 왜냐하면 격언은 삶에 대한 보편적인 진리를 드러내기 때문입니다.

따라서 격언은 청중으로부터 준비된 동의를 얻어냅니다. 오랜 연륜이 드러나는 지혜의 태도 때문에 격언은 남다른 고귀함을 부여받습니다. 유태 민족이 삶의 지혜와 자신들의 전통을 잇기 위한 계율을 담은 『탈무드』라는 책이 상당 부분 격언으로 이루어졌다는 것은 바로 이런 격언의 특성을 말해줍니다.

그런가 하면 쇼펜하우어는 보다 더 냉소적입니다. 그는 일반 대중들은 자신들의 무지로 인해 그런 '존경할 만한 권위'에 언제나 감복할 준비가 되어 있으며, 어떤 경우에는 전혀 이해하지 못하면서도 아무 의심 없이 받아들인다는 것입니다.

"이에 대한 가장 훌륭한 예는 프랑스의 퀴레가 보여준다. 다른 시민들은 다 해야 했지만, 그만은 자기 집 앞 도로에 포장하는 것을 원치 않았다. 그 때 그는 성서에서, '저들이 아무리 흔들려도 나는 흔들리지 않으리라.'는 경구를 인용해서 말했고, 이것이 그 지역 관할 책임자의 마음을 움직였다."*

아리스토텔레스가 지적한 것처럼, 격언은 고귀한 선조의 지혜를 말하므로, 늙고 경험이 많은 사람이 힘겹게 입을 열어 중얼거리듯 말했을 때 더욱 더 유용합니다. 물론 하나의 격언은 늙은 사람이 말할 때나 젊은 사람이 말할 때나 모두 진실합니다. 그러나 어떤 상황에서는, 아무 것도 모르는 젊은이의 입에서 나온 어떤 격언은 마치 우스운 허세를 부리는 것처럼 들립니다.

그러나 "젊은이는 그릇된 생각을 가지고 있는 연상의 사람을 설득시키지는 못하지만, 옳은 생각을 할 수는 있다. 반면 연상의 사람은 어린 사람이 모르고 있는 많은 것을 알고 있으면서도 그릇될 수가 있다."는 에즈라 파운드의 말을 귀담아 들을 필요가 있

---

* 쇼펜하우어, 『논쟁에서 이기는 38가지 방법』, 김재혁 옮김, 고려대학교 출판부, 65-66쪽

습니다.

격언이 주는 그 엄청난 친밀감은 청중들에게 쉽게 동의를 이끌어냅니다. 그 친밀한 인용과 선전 문구, 상투적인 용어와 표현은 비판으로부터 면역성을 얻고 있기 때문입니다. 따라서 누군가를 설득시키려 할 때 우리는 종종 여러 사람의 입에 오르내리는 진부한 문구를 앞세워 비판으로부터 벗어나기도 합니다.

이 같은 비도덕적인 약점 말고도 격언은 나태한 습관을 유발시킵니다. 하나의 논법에 기초가 된 격언이 상대방으로부터 도전을 받을 때, 우리는 그것이 진실임을 믿게 하기 위해 아무런 대비를 할 수 없을지도 모릅니다. 때때로 우리는 명백하게 진실로 가득 찬 전제에 별다른 의문을 가져본 적이 없기 때문입니다.

물론 이 같은 조건은 논점으로서의 격언의 쓰임을 막으려는 의도는 아닙니다. 이 조언은 순전히 흔히 말해지는 것을 무비판적으로 수용하지 말라는 의도에서 지적하는 것입니다. 학생들은 "시험받지 않은 삶은 가치 있는 삶이 아니다."는 플라톤의 유익한 관찰을 마음에 새겨야 할 것입니다.

최인훈은 소설 『크리스마스 캐럴 5』에서 이 같은 속담이 갖는 보편성과 한계를 아버지와 아들의 대화를 통해 해학적으로 드러내고 있습니다.

"아니 땐 굴뚝에 연기 나랴?"

하고 익살맞은 투로 아버님이 말씀하셨다.

"콩 심은 데 콩 나고 팥 심은 데 팥 난다."

하고 내가 받았다.

"개꼬리 삼 년에 황모 되랴."

하고 아버님.

"가는 말이 고와야 오는 말이 곱다."

하고 나.

"참새는 참새끼리, 매는 매끼리."

"과부 사정은 홀아비가 안다."

"바늘 가는 데 실이 간다."

"그러나, 아닌 밤중에 홍두깨는?"

아버님은 알아차리셨다.

"나중 난 뿔이 우뚝하다."

"엎친 데 덮친다."

"치맛자락 잡아보고 잤다고 한다."

"냉수 마시고 이 쑤신다."

우리는 자꾸 짝을 맞춰갔다.

"속담이란 게 묘하구나."

"그렇군요."

"이 말 했다 저 말 했다 하지 않니?"

"패러독스의 체계라면?"

"속담이란 패러독스의 체계의 별명이다 하면 되겠군."

"그러고 보면 슬픈 일이군요."

"슬프구 말구."

우리는 속담의 기만적인 성격이며 팔방미인적 위선에 대하여

"속담을 정직하게 실천하면 어떻게 되겠니?"

하고 아버님이 물으셨다. 나는 곧 대답하였다.

"가만히 꼼짝 말고 있어야죠."

"이래 보나 저래 보나 별 수 없다는 이론인 것 같아."

"구관이 명관이다. 갈아봤자 별 수 없다는 거지요?"

"속담은 민주의 지혜는커녕, 민중의 아편이다? 어디서 들은 말 같지?"

"아무렴 대숩니까? 가로 가나 모로 가나 서울만 가면 그만이다."

"그게. 그게 더럽단 말야."

"더러운 걸 피하다 더러운 것에 먹혀버려요."

"그건 좀 얘기가 달라지는 것 같구나?"

"그런 것 같기도 합니다만서두……"

"나는 이렇다. 초가삼간 다 타두 빈대 죽는 맛이다."

"파괴적입니다, 그건."

"모르는 소리. 그래야 사람답지 않겠니?"

"압니다만, 참 조절하기가 힘들어요."

"속담은 결국…… 이상주의와,"

"현실주의의……"

"불가사의한……"

"야누스다."

우리들의 이야기는 자꾸 뻗어나갔다. 이렇게 해서 이 밤도 꼬박

밝히고 말았다.

― 최인훈, 『크리스마스 캐럴 5』에서

# ✏️ 기록된 말은
## 늘 도전과 해석에 대해 열려 있다

어떤 권리에 대해 논박하거나 실증하는 데에 끌어들일 수 있는 법규나 계약, 유언, 기록물, 그리고 증서를 두루 포함하는 것이 법칙의 논점입니다. 기록된 증거는 논쟁에서 강제적인 힘을 갖습니다. 출생일에 관한 논쟁은 대개 출생 증명서에 의해 즉시 해결되며, 경쟁 관계에 있는 상속자의 다툼은 재산의 분배를 기록한 유언장에 의해 종결됩니다.

그런가 하면 한 비평가가 어떤 문학 작품에서 작가의 의도에 관해 말하면서 작가가 남긴 일기나 편지의 진술을 논거로 이용할 때, 그 비평가는 자신의 해석을 명쾌하게 마무리지을 수 있을 뿐만 아니라 확실하게 강화할 수 있습니다.*

사람들은 글로 쓰여지거나 인쇄된 글에 대해 강한 경외감을 갖

---

\* 문학 작품을 이해하는 방식에는 그 작품을 쓴 작가의 의도를 아는 것이라는 전통적인 해석 이론만이 있는 것은 아닙니다. 이 같은 해석 이론은 언어의 문제에 주의를 기울여 철학적 해석학을 펼치는 학자들이나 작품을 감성적으로 향유하려는 사람들에 의한 비판을 받고 있습니다.

습니다. 우리는 종종 자신의 주장을 강화할 때 "아니야, 이 말은 내가 틀림없이 책에서 읽었어."라고 부연하곤 합니다. 기록된 말을 존중하는 것은 그 나름대로 좋은 일임에는 틀림없습니다. 만일 사회가 흑백을 분명히 가려 기록해 놓은 것을 존중하지 않는다면, 일상의 문제들은 거의 해결되지 않을 것입니다.

만일 날인 증서와 계약이 필요 없다면, 우선 첫째로, 모든 재산의 소유권은 보잘것없게 될 것입니다. 아파트 소유주와 중계상과의 계약이 말로만 이루어졌다면, 그들은 자신들의 권리를 법정에서 따지지 못할 것입니다. 그러나 보증인이 명시되고 두 당사자가 서명한 근거가 있다면, 재판관에게 그 소송을 받아들일 것인지 기각할 것인지 여부를 결정하는 명확하고 구체적인 무엇인가를 줄 것입니다.

그러나 우리가 잊지 말아야 할 것은, 증거 문서라 해도 반드시 모든 깊이 있는 토론을 배제할 수는 없다는 것입니다. 기록된 말은 늘 도전과 해석에 대해 열려져 있습니다. 우리는 증거로 제시된 하나의 문서가 믿을 만한 문서가 아니라고 항의할 수 있습니다. 예를 들면, 다음과 같은 반론들은 한 문서의 신뢰성을 시험하기 위해 제기될 수 있습니다.


1. 문제의 문서가 장본인으로 간주된 사람의 손에서 만들어졌

다면, 그 문서는 증거가 아니다.

2. 그 문서는 합법적인 과정에 의해 입증되지 않았다.

3. 이 문서는 현존하는 것으로 간주되는 원본의 오직 하나의 사본이거나 복제품이다.

4. 문서의 작성자나 서명자의 동의 없이 전달 과정에서 문서의 내용이 첨삭되었다.

5. 그 서류의 신뢰성을 입증할 수 있는 권위자들을 활용할 수 없다.

6. 또 다른 혹은 나중에 제시된 문서가 이것을 무효화한다.

작성된 문서는 항상 해석의 여지를 남겨두고 있습니다. 예를 들면, 우리 나라의 헌법은 우리 정부의 초석이 되는 신성한 문서입니다. 그러나 한편 법원의 주된 기능의 하나는 이미 인증된 헌법의 문안을 해석하는 것입니다. 법률의 의미는 법정에서 끊임없이 논의되어야 합니다.

## 🖊 한두 개의 예만으로
## 독자나 청중을 사로잡아라

증명의 논점에서 마지막으로 꼽을 수 있는 것은 전례 혹은 예입니다. 전례란, 말하자면, '이전에 일어난 무엇'이라고 설명할 수 있습니다. 이와 유사한 개념을 법률 용어에서 찾는다면, 판결례 곧 판례를 들 수 있습니다. 판례란 같거나 비슷한 소송 사건을 판결한 전례를 말합니다.

과거에 일어난 법률적 결정은 그 이후의 비슷한 경우를 판결하는 표준으로써 사용되곤 합니다. 왜냐하면, 재판관들은 종종 앞선 결정에 의해 이끌려지므로, 변호사는 한 사건의 개요를 준비하면서, 비슷한 경우에 다른 재판관이 내린 결정들을 조사하게 됩니다. 그리고 그것이 판결에 유리하게 작용할 수 있다고 판단되면 변호사는 재판관에게 이 사건이 이전의 경우와 정말로 유사하다는 것을 납득시키는 방법을 택할 수 있습니다. 이 방법의 핵심은 정면으로 공격하지 않고 그것을 깨뜨리는 데에 있습니다. 이때 변호사의 논법은 아래와 같이 될 것입니다.

존경하는 재판장님, 저는 본 사건이 1998년 10월 29일, 경기도 하남시와 김판술의 제435번 사건의 전례와 유사하다는 것을 알았습니다.

그때 담당 판사는 피고는 원고에게 세금 지불 만기일 전에 압류된 재산을 세금으로 지불하지 않아도 된다는 판결을 내렸습니다. 그 판사는 비록 김판술이 3개월 동안 재산을 계속해서 사용한 점은 인정되지만, 그는 그가 압류 서류에 서명한 날짜에 재산의 소유를 포기했으며, 그가 비록 3개월 동안 세금을 물지 않고 재산을 계속해서 사용했을지라도 그는 이미 재산의 소유권을 양도한 뒤이므로 세금을 물 책임을 지지 않는다고 판결했습니다. 또 본 사건의 상황은 서울 봉천동에서 일어난 사건과 유사하므로, 그 유사한 판결이 이 사건에도 적용된다는 점을 정중하게 제의합니다.

물론 상대편 변호사는 두 사건이 비슷하지 않거나, 중요한 차이점을 간과하거나, 중요하게 고려될 사항이 왜곡되었다는 점을 증명하려고 애쓸 것입니다. 혹은 그 변호사는, 재판에 유리하다는 전제에서, 전혀 다른 판결이 내려진 다른 전례를 찾아내려고 노력할 것입니다. 반대의 전례가 제시되었을 때 그 변호사는 한 전례가 다른 전례로 대치될 수 있다는 것을 주장할 것입니다.

양측의 변호사들은 자신의 전례가 이 사건과 더 관련이 깊고, 더 논리적이고, 더 최근의 것이며, 더 믿을 수 있으며(왜냐하면, 신뢰는 어느 것이 더 훌륭한 판결로 평판이 나 있느냐에 달려 있다), 더 설득력이 있느냐(왜냐하면, 다른 종류의 전례보다 더 나은 종류의 전례가 있다)를 보여주려고 노력할 것입니다.

이처럼 전례에는 상당한 법률적 감각이 담겨져 있습니다. 또 일반적인 의미로는 전례나 예가 과거에 유사한 사건이 일어난 적이 있는 현재의 경우에 대해 영향을 줄 수 있다는 점을 지적할 수 있습니다.

아리스토텔레스는 "예"라는 것을 과학적인 논증이나 논리에서의 완전한 귀납의 수사학적 동의어가 될 수 있다고 생각했습니다. 왜냐하면, 실제적인 담론에서 화자나 작가는, 귀납적 과정을 통해 도달하는 일반론을 확신하게 하는 모든 특별한 방법을 제시할 만큼 여유가 없으며, 독자나 청중들 역시 이를 참을성 있게 읽거나 듣지 않기 때문입니다. 그들에게는 오직 하나 혹은 둘 정도의 예문을 들을 만한 시간과 참을성만이 있을 뿐입니다.

예를 들면, 다리를 놓는 데 필요한 재원을 어떻게 마련할 것인가에 대한 논쟁이 있을 때, 논쟁은 이와 유사한 공사를 한 다른 지역에서는 어떻게 재원을 마련했으며, 어떤 방법으로 성공적으로 끝마쳤는가 하는 몇 개의 예에 국한될 것입니다. 설득자가 그의 청중들에게 바라는 추론은, 이런저런 재원의 조달 방법이 우리의 경우에도 마찬가지로 성공적일(또는 실패할) 것이라는 유추에서 나옵니다.

논술은
정보 사회의
새로운
교양인가

## 누가 더 우수한 학생으로 대접받는가

　대학에 가기 위해 논술을 공부하는 학생들이 처음으로 갖는 두려움 가운데 하나는 이 과목이 12년이라는 오랜 교육 기간 동안 한번도 정식 과목으로 다루어진 적이 없다는 점일 것입니다. 물론 학생들을 당황하게 만드는 것은 새로운 시험 과목이 하나 더 추가되었다는 데에 있는 것만은 아닙니다.

　왜냐하면 한국식 학습 방식에 오랫동안 길들여져 온 학생이라면, 의존해야 할 교과서와 친절한 담당 교사 없이 새로운 시험 과목을 부여받았다는 것은 결국 넘어야 할 산이 하나 더 추가된 정도가 아니라 깊은 산 속에 안내자도 없이 홀로 버려진 것과 같은 일로 여겨지기 때문입니다.

　물론 그들은 독도법을 배운 적이 없습니다. 그럼에도 불구하고 대학 진학에 대한 강박증에 시달리는 학생들은 끈기 있게 이런저런 참고서를 뒤적거리거나 그 동안 출제된 문제를 근거로 만들어진 그럴 듯한 예상 문제를 풀어보며 크고 작은 골짜기를 헤맬 것입니다. 때로는 이상하게 편한 마음으로, 때로는 걱정스런 마음으로 말입니다.

그러나 사실상 이 같은 변화를 초래한 교육 당국의 태도는 학생들의 혼돈과 관계없이 의연하고 당당하게 비춰지고 있습니다. 그들의 당당함은, 우리가 그 동안 익숙하게 들어온, 대학 진학에 중요한 평가 기준이 되는 수학 능력 시험의 출제 경향이 어렵고 까다로운 응용 문제보다는 중요 개념이나 원리의 이해 같은 기본 문제를 중심으로 출제함으로써 대다수의 일선 교육자나 학부모로부터 그간에 시행된 교육 정책에서 비롯된 몇 가지 해묵은 문제들(과열 경쟁에 따른 사교육비의 증가 같은)을 보완했다는 평가를 받고 있다는 자신감에 기인한 듯합니다.

그러나 대학의 입장은 좀 복잡한 듯 보입니다. 우선 대학은 정보사회에 걸맞는 대학으로의 변신이라는 사회적 요구에 의해 안팎으로부터 거센 구조 조정의 압력을 받고 있으며, 그 성공 여부를 대학의 존폐를 좌우할 만큼 절박한 일로 여기고 있습니다. 많은 대학들이 큰 희생을 감수하면서 내부의 체질 개선은 물론이고, 대학별로 특성화된 전문 영역을 키우는 등 차별화를 하기 위해 부심하고 있는 것도 그 때문입니다.

우수한 학생들을 유치하기 위한 경쟁은 그래서 더더욱 중요한 관건이 된 것입니다. 이를테면, 지금과 같은 대학 수학 능력 시험 제도 아래서 학생들의 학습 능력이 차별화되지 않는다면, 대학 자체에서 시행하는 시험(근본적으로 교육 당국은 논술 고사 이외에 이른바 '본고사'를 법으로 금지하고 있다)을 통해서라도 대학이 바라는 수준의 우수한 학생을 선발하겠다는 것이 대학의 입장인 것입니다. 이에 따라 대학 입시에서 논술을 시험 과목으로 채택한 대학의 수는 늘고, 그에 대한 비중도 점차 커지고 있는 것이 오늘의 현실입니다.

물거품이 되긴 했지만, 교육부는 오래 전에 "2002학년도 대학 입시부터 무시험 전형을 도입하겠다."는 야심에 찬 목표를 제시한 바 있습니다. "필답 고사를 일절 치르지 않는 대신 학생들의 논리적인 사고력을 측정하기 위해 일선 고교의 논술 지도 평가 자료를 입시 전형 요소로 활용할 방침"임을 밝힌 바 있는 서울대의 입장도 우리의 기억에서 지워지지 않습니다.

모두 우리 교육의 현실과 이상의 폭을 실감나게 하는 사례들입니다. 특히 서울대는 고교의 정식 교과목으로는 논술 관련 과목을 개설하게 하는 등 고교 논술 교육 강화 방안을 교육부에 요청한 바도 있습니다.[*]

그리고 2002년 8월, 마침내 서울대는 노술 시험 부활을 골자로 하는 2005학년도 입시안을 발표했습니다.

* 1998년 9월 5일자 중앙일보 기사 참조

## ✏️ 교육의 목적은
## 엘리트 양성이 아니다

어떤 교육 정책이 타당한가 그렇지 않은가를 평가하는 일은 그렇게 단순한 일이 아닙니다. 여기에는 한 사회가 추구하는 가치는 물론이고, 그 사회를 유지해온 관습에 대해 유동적인, 이른바 '교육 현실'이 늘 고려되어야 하기 때문입니다.

현실이란, 늘 생각보다 훨씬 더 가혹하며, 옳든 그르든 기존 체제에 반하여 뭔가를 새롭게 바꿔보겠다는 생각은 특별히 부정적으로 보지 않더라도 우리의 풍토로 미루어보건대 사실상 불가능에 가깝습니다. 수백 년 동안 뜻 있는 선비와 학자들이 과거 제도의 폐단을 지적했음에도 불구하고 과거 시험은 조선이 쇠망하기 직전까지 계속되었다는 사실을 상기하면 이해가 빠를 것입니다.

그럼에도 불구하고 우리가 당면한 문제들을 그나마 점진적으로라도 풀어보자는 의지를 갖는다면, 지금까지 시행되어 온 우리 교육 현장에서 일어난 부조리한 문제들이 얼마나 실질적으로 검토되고 비판되었으며, 또 그에 따른 최선의 결과가 교육 행정에 반영되었는가를 살펴보는 것이 더 타당할 것입니다.

왜냐하면, 지금의 교육계에 필요한 것은 '누가 명쾌하고 그럴듯한 잣대를 마련하는가?'하는 문제가 아니라 '누가 조금이라도 부조리한 제도를 현실에 맞게 변화시킬 수 있을까?'라는 말로 바꾸어 질문하는 것이 더 현실적이기 때문입니다.

그 동안 우리 스스로 체험했고, 또 관심 있는 많은 사람들이 지적해 왔듯이, 우리 교육은 학생들 스스로 생각하고 판단하고 체험하는 방법을 가르치고 평가하는 일은 소수의 뜻 있는 교육자에게만 자발적으로 맡긴 채, 권력에 기댄 교육 지표에, 이미 말해진 다양한 지적 성과를 선별하여 주입하는 일방적이고 강제적인 교육에 더 많은 비중을 두어 왔습니다.*

이 같은 비판에는 교육을 어떻게 인식할 것인가 하는 문제가 자연스럽게 포함됩니다. 다시 말하면, 교육의 방법과 내용을 문화적 차원에서 접근하지 않고, 이른바 '사상의 영향을 배제한 순수한 지식 전달의 기구'라는 일반적 통념에 얽매여 왔음을 지적하는 말입니다.

그렇다면 우리의 교육 현실은 어떻습니까?

---

* 사회는 사회가 알고 있는 모든 것을 교육하지 않을 뿐더러 종종 낡은 지식에 대해서도 교육을 계속합니다. 푸코라는 철학자의 말대로 하면, "말해야 되는 것과 말해서는 안 되는 것"이 있습니다.

단적인 예로, 불과 얼마 전까지만 하더라도 '반공'과 '경제 개발'이라는 두 가지 지표를 실현하는 데 우리 교육이 일정한 기여를 했음에도 불구하고, '개방화', '세계화', '정보화', '무한경쟁' 같은 말로 대변되는 오늘날과 같은 시대의 흐름 속에서 이렇다 할 역할을 수행하지 못했다는 혹독한 비판을 묵묵히 감내하고 자성해야 하는 것이 오늘 우리 교육계의 위상입니다.

교육이란, 더 이상 계몽적 입장에서 엘리트의 양성에 그치는 것이 아니라, 참과 거짓, 기능성, 정의, 아름다움에 관계되는 기술적·규정적·미학적 진술들을 적합하게 수행할 수 있는 능력을 키우는 행위라는 관점*이 많은 사람의 관심을 끄는 것은 어쩌면 당연한 귀결이 아닐까요?

이런 이해에 동의한다면, 초·중·고교는 물론이고 심지어는 대학마저도 학생들에게 스스로 생각하고, 토론하고, 판단하는 방법에 대한 교육을 제대로 실시하지 못하고 있다고 비난하는 일은 특별히 새로운 일이 아닙니다. 우선 우리는 그런 교육을 제대로 시도해보거나 받아본 경험이 별로 없습니다. 그러다 어느 날 갑자기 논술이란 과목이 대입 시험의 형식으로 들어온 것입니다. 가르쳐본 적도 가르침을 받아본 적도 없는 과목이 밖으로부터 들어온

---

* 장–프랑수아 리오타르, 『포스트모던적 조건』, 이현복 옮김(서광사, 1992), 제12장 「교육과 수행성에 의한 교육의 정당화」 참조

것이지요.

　어떤 사람은 글짓기의 영역이라고 했고, 어떤 사람은 철학의 영역이라고 했습니다. 또 어떤 사람은 프랑스의 입시 제도인 바칼로레아를 들먹거렸고, 어떤 사람은 그 동안에 배운 것을 제대로 잘 이해만 했다면 별 문제가 없다고 했습니다.

## 🖊 논술은 정보 사회의 새로운 교양인가

오늘날 우리 사회를 정보 사회라고 일컫는 데에 주저하는 사람은 별로 없을 것입니다. 여러분들이 그 동안 익숙하게 들어왔던 '개방화', '세계화', '국제화', '무한 경쟁' 같은 말들 역시 정보 사회를 일컫는 또 다른 표현들입니다. 그러니까 '기계화', '공업화'로 대변되던 산업 사회가 막바지에 이르면서 가져온 여러 가지 문화적 상황과 의식, 삶의 형식의 변화*가 이런 표현들을 만들어낸 것입니다.

어느 시대나 새로운 전환기로 일컬어지는 사회는 앞날을 내다보는 시각에 따라 그 사회의 변화를 이해하고 거기에 적응하기 위해서 늘 새로운 교양을 요구하기 마련입니다. 그렇다면 논술은 이른바 정보 사회에서 요구하는 새로운 교양일까요?

산업 사회에서 정보 사회로의 전환기에 일어난 문화적 변용은 흔히 전자 미디어의 발전과 보급에서 그 원인을 찾습니다. 이를

---

* 다양성과 이질성의 강조, 추론이 불가능한 사회, 강력한 중앙 통제에서 개별 단위의 영향력 증대, 개인의 존중, 컴퓨터의 등장 등을 예로 들 수 있습니다.

가장 먼저, 그리고 정확하게 예견한 사람이 마셜 맥루언입니다. 그는 당시로서는 예언적 저서였던 『미디어의 이해』(1964)라는 책을 통해 이를 지적했고, 대부분 그가 지적한대로 실증되었기 때문입니다.

특히 그가 말한 "미디어는 메시지다."라는 역설적인 명제는, 우리의 관심 영역 안에서 적어도 두 가지 면에서 주목하게 합니다. 하나는 미디어가 개인과 사회에 미치는 영향은 수용자가 그것을 어떻게 확장해 나가느냐에 달려 있다는 점이고, 두 번째는 메시지는 그 형식에서 기호의 논리, 특히 언어의 논리에 지배된다는 해석입니다. 다시 말하면, 메시지는 믿음이나 생각 같은 주관적인 인식의 단위가 아니라 공공의 표현인 언어의 단위라는 것입니다.[**]

이러한 사회 변화를 이해하고, 그 변화에 대처하기 위한 또 다른 노력의 하나로 우리는 서구의 르네상스를 떠올릴 수 있습니다. 그 과정을 간략하게 요약해 보도록 하겠습니다.

---

[**] 이 같은 두 관점은 곧바로 고대 수사학의 역사를 편람한 뒤에 얻은 바르트의 질문들에 의해서 강화될 수 있을 듯합니다. 첫번째는 오래 전에 사멸한 듯한 아리스토텔레스주의가 민주주의를 통하여, '가장 많은 다수'와 다수결 원칙과 일반 여론의 어떤 이데올로기에 기초한 문화적 실천 속에 아직 살아남아 서구 문명이 여전히 아리스토텔레스적인 통속성에 의해 규정되고, 그 '대중 의사 소통'에 하나의 완벽한 분석의 일람표를 세공하고 있다는 점이고, 두 번째는 우리 문화에 언어의 옷을 입힌 수사학의 규칙들을 철저히 이해한다면, 우리의 문학과 교육, 언어 제도들의 많은 특징들이 밝혀지거나 혹은 다르게 이해될 수 있으리라는 확신이 든다는 점입니다. —김현 편, 『수사학』(문학과지성사), 1992)에 수록된 롤랑 바르트, 「옛날의 수사학」, 김성택 옮김, 115쪽

이른바 '휴머니즘'으로 일컬어지는 르네상스 시대의 지적 운동은 전인적이고 도덕적인 인간 형성을 지향하면서 강력한 교양 교육을 이끌었습니다. 학생들을 사회의 구성원으로 만들기 위해 자신의 개성을 표현할 수 있도록 하는 것이 당시의 교육 실천이었으며, 지식은 도덕성을 높이기 위한 수단이었던 것이지요.

이 같은 자기 완성을 위한 교양적 인문주의는 그러나 얼마 뒤 시민혁명과 산업혁명에 도전을 받았으며, 인문주의자들이 우려한 것은 물질적 풍요와 기계와 산업에 대한 일방적인 숭상에 따른 인간성의 상실과 정신의 피폐였습니다. 이에 대해 인문주의자들은 자기 완성의 추구와 인간 본성의 발전으로서의 교양을 강조하고, 고전 연구에 전념하면서 문법, 수사학, 시, 역사, 윤리학을 옹호했습니다. 또 그에 대한 현실적인 대응으로 교육에 대한 국가의 개입을 주장하기에 이르렀습니다.

그러나 이들이 주창한 교양 교육은 결국 지배 이념을 수호하기 위한 과정이며, 인간 존엄성의 이념도 인간 조건의 과장된 전망에 기초했다는 신랄한 비난을 받았습니다. 결국 한 르네상스 연구가는 그 명백하고 당당한 이상의 실현이 가능한 사람은 재산을 가진 사람뿐이라는 '너무나 명백하기 때문에 하찮아 보이는' 결론에 이르게 되었다고 고백하고 있습니다.*

정보 사회와 르네상스라는 사회 변화의 두 예 속에서 우리는 다음과 같은 질문을 생산해낼 수 있습니다. 논술은 교양인가? 그 교양은 과연 정보 사회의 이상을 지향하는가?

---

\* 이에 대한 참고 도서는 많지만, 간단하게 유종호의 「인문주의의 허실」(『세계의 문학』 1994년 여름호)과 박우수의 「실천적 삶과 르네상스 인문주의자」(『수사적 인간』, 도서출판 민)를 참고하기 바랍니다.

## 🖉 학생들은
## 글쓰기의 초보자가 아니다

다시 논술 시험이 만들어낸 현실의 구체적인 그림들을 찬찬히 들여다보도록 하지요. 학생들은 논술 시험에 대비하기 위해 지금까지 그래왔던 것처럼 예상 문제를 만들어 놓고 모범 답안을 암기하기 시작했습니다. 그런가 하면 시험의 결과를 점수로 매겨야 하는 위치에 있는 사람들 역시 어떤 기준으로 어떻게 평가해야 할지를 몰라 겸연쩍은 숙의를 거듭한 끝에 물의를 일으키지 않을 만큼의 안전한 틀을 만들었을 것입니다.

이 같은 혼돈은 각종 참고 도서를 양산시켰으며, 신문에서조차도 어떤 주제에 대해 비교적 잘 쓴(때로는 형식적인 면에서 너무 완벽한) 학생의 글을 골라 싣고, 여기에 명망 있는 대학 교수의 해설(이들의 해설은 대부분 주제를 살리지 못했다느니 논리 전개가 빈약하다느니 하는 다분히 주관적이고, 결과적이고, 원론적인 촌평으로 일관하고 있습니다)을 곁들여 논술 교육에 가담하고 있습니다.

그러나 이런 부산스런 움직임과는 관계없이 결국 무엇을 어떻게 써야 하는지, 또 잘 쓰기 위해서는 무엇을 어떻게 공부해야 하는지에 대한 모든 책임이 전적으로 학생들 자신에게 떠맡겨져 있는 것이 우리의 현실입니다. 바로 여기에 학생들의 고민이 있는 것입니다.

그렇다고 서둘러 탄식하고 비관할 것까지는 없습니다. 아무리 논술에 대한 이해가 불명확하다 해도 논술 공부의 첫걸음을 놓기 위해 이 책을 읽는 사람은 없을 것이기 때문입니다.

모름지기 학생들은 초등학교에 입학하기 전부터 때로는 신동 소리를 들어가며 빠르게 우리말을 배우기 시작했으며, 사용에 불편함이 없을 만큼 상당한 수준에 이른 지금까지도 착실하게 그 수준을 높여가고 있을 것입니다. 그 동안 알게 모르게 학생들이 체득한 경험과 교육, 그리고 많은 책들에서 얻은 지식이 언어를 효과적으로 사용할 수 있도록 하는 데에 도움을 주었을 것이며, 앞으로도 이 같은 여건에는 변함이 없을 것입니다(이 가정이 거짓이 아니기를 바랄 뿐입니다).

따라서 학생들은 어떤 문제가 주어지더라도 그것에 관해 일정한 분량의 원고지를 메울 수 있을 만큼 글쓰기와 관련된 일반적인 지식에 대해서도 잘 알고 있습니다. 그러나 논술 시험을 치러본 학생들의 대부분은 자신이 쏟은 시간과 노력에 상응하는 만족스런 결과를 기대하지 못하고 있습니다.

누구나 다 알고 쓰는 우리말 글짓기가 왜 이렇게 어려운 것일까요? 시험이라는 중압감이 젊은 학생들의 자유로운 생각을 가로막고 있는 것일까요? 그러나 논술 시험에 실패한 대다수의 학생들이 하는 말 가운데 이 같은 문제에 핵심을 찌르는 말이 하나 있습니다. 그것은 논술 과제가 제시되었을 때 정말이지 특별히 '할 말이 없다'는 것입니다.

## ✏️ 왜 우리는 논술 문제만 보면 할 말이 없을까?

만일 학생들을 나름대로 성심껏 가르쳐온 작문 교사가 이 같은 학생들의 변명을 듣는다면 아마 그는 일차적으로 학생들의 자질과 태도에 문제가 있다고 불평할지도 모릅니다. 뒤집어 말하면 학생들은 선생님의 교육에 불만을 가질 수도 있다는 얘기입니다.

그렇다면 그 이유를 학생들이 문법이나 문장 구성에 대한 공부를 게을리 했다는 데서 찾을까요? 내가 보기에 반드시 그렇지만은 않습니다. 학생들의 말에는 그만한 이유가 있습니다.

앞서 말했듯이 대부분의 학생들은 그들의 경험과 교육 또는 독서를 통해 많든 적든 이미 말해야 할 어떤 것을 가지고 있습니다. 또 시험관이 제시한 어떤 주제에 대해서도 일정한 양의 원고를 쓸 수 있는 소양에다 머리가 폭발할 만큼 충분한 생각을 가지고 있습니다. 그런데 문제는 그들의 두뇌가 아무 때나 쉽사리 가동하지 않는다는 점입니다. 그 이유를 묻는다면, 논술 시험의 문세가 학생들의 관심과 일치하지 않기 때문이라고 간단하게 잘라 말할 수 있습니다.*

　일반인들도 크게 다르지 않겠지만, 학생들의 생각은 그들 스스로 어떤 대상이나 현상에 대해 매우 강한 관심과 호기심을 느꼈을 때에만 엄청난 양과 속도를 가지고 자발적으로 다가옵니다. 컴퓨터 게임, 애니메이션, 힙합 같은 말들을 떠올려 보십시오. 그렇다면 학생들의 논술에 대한 고민은 바로 자신의 의사와 관계없이, 그 사회의 교양으로서의 어떤 주제가 주어졌을 경우로 간단하게 압축됩니다.

　이때 시험에 처한 학생들의 입장은 크게 자신이 써내려 가야 할 무엇인가를 가지고 있는 학생과 가지고 있지 않다고 생각하는 학생으로 나뉩니다. 그러나 이 둘 모두가 해결해야 할 보다 더 근본적인 문제는, 일상적인 말을 할 때와는 달리 어떤 목적에 의해 작위적으로 격식을 갖춘 말을 사용하거나 평소보다 조리를 세워 정확하게 말을 골라 사용할 줄 모른다는 데에 있습니다.

　자, 여기서부터가 바로 우리가 관여해야 할 문제입니다. 노드럽

* 크로스화이트가 『이성의 수사학』에서 밝힌 브룩스 닐슨의 조사는 이런 생각을 더욱 더 강화합니다. 닐슨에 따르면, 실제로 학생들이 글을 쓸 때 범하는 실수들은 대부분 문법 같은 언어 능력에서 비롯된 것이 아니라 언어 수행의 문제, 다시 말하면 무능력이 아니라 의사 소통 상황에 대한 이해가 부족하기 때문이라고 주장합니다. 그는 그 근거로, 논증적 에세이와 같은 형식적인 글을 쓸 때 실수를 하는 학생들이 개인적 이야기와 같은 비형식적인 글을 쓸 때는 전혀 실수를 하지 않는다는 사례를 들었습니다. ─『이성의 수사학』, 제임스 크로스화이트, 오형엽 옮김, 고려대학교 출판부(2001), 351쪽

216

프라이라는 캐나다 학자는 여기에 바로 교육의 의미가 있다고 보았습니다.

선생님이란 원래 적어도 플라톤의 『메논』이래 인정되어온 대로 무지한 인간에게 무엇을 가르칠 것인가를 알고 있는 누군가가 아닙니다. 그는 오히려 학생들의 마음속에 (1) 문제를 (2) 새로 만들어 내기 위해서 일하는 사람으로, 이 일을 하는 그의 (3) 전략은 무엇보다도 학생들에게 그가 이미 (4) 명백하게 말로는 할 수 없지만 알고 있다는 사실을 확인시키는 것입니다. 그것은 그가 알고 있는 것을, 정말 아는 것을 방해하는 마음속의 (5) 억압의, 온갖 힘을 깨부수는 일도 포함합니다. 이것이 학생보다는 오히려 선생이 대부분의 질문을 하는 이유입니다.[**]

[**] 이 글은 노벨 문학상 수상 작가인 일본의 오에 겐자부로가 쓴 『나의 나무 아래서』(송현아 옮김, 까치) 102쪽에서 재인용했습니다. 오에 겐자부로는 이 말 가운데 '전략'이라는 말에 주목해서 어떻게 스스로 공부해야 하는가를 설명하고 있습니다. 숫자는 다음 장에서 그의 설명을 듣기 위해 그대로 살렸습니다.

# 축구의 전략을 이해하면
## 논술이 보인다

현재 우리 나라 대학 입시에서 통용되는 '논술'이란 용어의 의미를 명확히 규정한 글을 찾아보지는 못했지만, 그 뜻을 미루어 짐작하면, 어떤 주제에 대한 자신의 의견을 조리를 세워 설명하는 것을 말하는 듯합니다.

참고 삼아, 유협이라는 5세기 무렵의 중국 학자가 쓴 『문심조룡(文心雕龍)』이란 책에서 그 용어의 뜻을 구해 보도록 하지요. 유협은 오늘날 논술의 중심 개념이 되는 '논(論)'을 이렇게 설명하고 있습니다.

원래 논(論)이란 양식은 시비를 정확히 판별하는 데 있고, 현상을 구명하고, 무형(無形)한 것을 추구하는 데 있으며, 단단한 것을 뚫어서 통로를 구한 데 있으며, 깊은 못에 낚시를 드리워 궁극을 끌어낸 데 있다.

다시 말하면, 온갖 사고를 집결하는 방편이며, 만사를 다는 저

울이다. 그러므로 그 뜻이 원활히 통하는 것을 귀히 여기고, 언사(言辭)가 말초적인 데로 흘러 버리는 것을 꺼린다. 마음과 이치를 반드시 결합시켜서 그 조직을 틈으로 넘어다보게 해서는 안 되며, 표현과 마음을 밀착시켜서 논적(論敵)이 타고 들어오는 여유를 주지 않는 것, 이것이 요체가 된다. 이런 까닭에 논은 장작을 패는 것과 같다. 능히 장작의 결을 찾아서 쪼개는 것이 중요하다. 도끼가 날카로우면 원리를 초월해서 장작을 옆으로 쪼갤 수도 있듯이 표현에 숙달한 자는 도리에는 어긋나면서도 대략은 통할 수는 있다.

그러나 그러한 문장은 얼핏 보기에는 교묘한 것 같지만, 사실에 비춰 검증해 보면 기만이 드러난다. 교양인은 널리 천하의 인심을 소통시킬 수 있는 존재이니, 논의 기능을 어찌 가히 왜곡할 것인가?*

대략 1500년 전에 기술된 중국의 한 문학 이론서에서 빌어 왔지만, 그 뜻은 오늘날 우리가 이해하는 논술의 개념과 별반 다른 것이 없습니다. 결국 논술이란, 주어진 문제나 상황에 대한 이해력과 자신의 의견을 세우는 논리력과 판단력, 그리고 이를 기술하는 문장력이 주

* 유협, 『문심조룡(文心雕龍)』(최신호 옮김, 현암사), 77~78쪽

된 평가의 기준이 된다는 이야기입니다.

이렇게 말하고 보니 논술 시험은 인간의 이성적 능력을 평가하는 거의 모든 기능을 죄다 망라하고 있는 셈입니다. 그렇다면 이 기준을 충족시키기 위해 학생들에게 필요한 것은 무엇일까요?

이 질문을 만족시키려면 '모든 것'이라는 답 이외에는 적절한 것이 없을 듯합니다.

쉬운 얘기로, 이 질문은 월드컵에서 우승을 하려면 어떻게 해야 하는가?라는 질문과 유사합니다. 하지만 질문의 형태를 좀 바꿔서, 축구 경기를 잘하려면 어떻게 해야 하는가? 하고 묻는다면, 뭔가 할 말이 많아질 것입니다. 우선 축구 경기의 규칙을 잘 숙지해야 하고, 또 공을 다루고, 다른 선수에게 넘겨주고, 골을 넣는 일련의 행위들을 이상적으로 구사할 수 있도록 과학적인 훈련을 쌓아야 하며, 또 경기 운영 감각을 익혀야 하는 등등…….

같은 방식으로 질문을 수정하여, 논술을 잘 하기 위해서는 무엇을 가르치고 배워야 합니까? 하고 묻는다면 저는 수사학의 한 범주로서 '설득의 기술'을 가르치고 배워야 한다고 주장합니다. 그리고 이것이 앞서 노드럽 프라이의 말을 인용하면서 오에 겐자부로가 말하고 싶어했던 '전략'과 같은 맥락이라고 저는 생각합니다.

오에 겐자부로의 친절한 설명을 차분히 들어볼까요?

220

"전략(戰略)은 영어로는 strategy라고 합니다. 여러분이 게임을 할 때, 우선 공격하기 위해서는 큰 방침을 정하지요? 축구로 말하자면 트루시에 감독이 시합에 이긴 후 기자 회견에서, 우선 전반은 수비를 굳히고 후반은 공격에 들어가려고 했다고 말합니다. 우리는 이것을 전략, 곧 strategy가 먹혀 들어갔다고 말합니다. 그리고 후반이 되면 골 찬스에 나카무라 선수가 다카하라 선수에게 몇 번이나 패스를 합니다. 이렇게 실제로 적용되는 상세한 진행 방법이 전술(戰術), 곧 tactics입니다.

여러분도 자신이 어떻게든 허락 받고 싶은 요구를 아버지나 어머니에게 말로 꺼낼 때, 자신이 그렇게 생각하는 것을 확실히 말로 표현하지는 않지만, 마음속으로는 왠지 모르게 — 이것이 방금 인용한 것 중의 (4)입니다. — 전략과 전술을 가지고 행동하지 않습니까?

게다가 그것들을 분명히 아버지나 어머니에게 말로 표현하는 것이 왠지 나쁘다고 여러분이 여기기도 하는 경우는 없었습니까? 그것을 마음속에서의 억압, 영어로는 repression이라고 합니다. 이것이 (5)입니다.

문제라는 단어 앞에 (1)이라고 쓴 것은 원래 subject라는 영어 단어였기 때문입니다. 선생님이라면 그것을 주제로 번역하는 것이 보통이겠지요. 그러나 나는 '생각하는 이 문제'라고 강조하는 기분을 실어서, '문제'라는 좀더 보편적인 단어로 번역했습니다.

　다음에 (2)라고 붙인, 새로 만들어낸다는 단어에 해당하는 영어는 re-creat입니다. re의 뒤에 하이픈(-)이 붙어 있는데, 그것은 복합어라는 것을 나타내고 있습니다. (중략) 외래어 레크리에이션의 토대가 된 동사는 이것입니다."*

* 오에 겐자부로, 『나의 나무 아래서』(송현아 옮김, 까치), 102-105쪽

## 🖉 침대는 가구가 아닙니까?

1960년대 초부터 경제 발전을 위해 성장 제일주의를 추구해온 우리 나라 경제 발전의 잣대는 경제 성장률이었습니다. 올해는 지난해보다 몇 퍼센트 포인트가 성장했다는 말이 나라의 발전의 척도로서, 국민들에게 잘 살 수 있다는 희망을 주고, 인간으로서 누려야 마땅한 권리마저 유보한 채 허리띠를 졸라매게 했던 것이지요.

그런데 1980년, 신군부의 정권 찬탈에 대항한 광주 민주화 운동과 사북 사태 등으로 경제 활동이 위축되자 20여 년 만에 경제 성장률이 지난 해 같은 기간에 견주어 무려 6.2퍼센트 포인트가 떨어진 것입니다. 수출 주도의 성장 제일주의를 표방한 정부로서는, 그것도 비민주적인 절차로 권력을 잡은 신군부 정권으로서는 여러모로 치명적일 수밖에 없었겠지요. 이 때에 등장한 말이 바로 '마이너스 성장'입니다. 이 기발한 경제용어(최근에도 종종 쓰이고 있지만)는 모름지기 경제 지표의 하락과 경기 침체를 얼버무리는 데에 적절한 기여를 했을 것입니다.

1988년쯤으로 기억되는 예가 또 하나 있습니다. '해외 여행 자율화'란 말이 그것입니다. 1980년대 후반의 민주화 운동은 노태우 정권의 존립을 흔들 만큼 위압적이었습니다. 이에 다급해진 정부는 그동안 갖가지 비민주적인 규제를 풀어 국민들의 민주화에 대한 열망을 달래기 시작했습니다.

그 시책 중의 하나가 바로 '해외 여행 자율화'입니다. 이 말의 정확한 뜻은 일반인의 해외 여행을 원칙적으로 금지하는(지금으로서는 상상도 못하겠지만) 규정을 풀었다는 것입니다. 따라서 '해외 여행 금지 규정 해제'라고 말함이 마땅하겠지요. 그러나 이를 '자율화'라고 말함으로써 정부는 마치 없던 것을 새로 주는 듯한 시혜적인 정책으로 바꾸어버린 것입니다.

제프리 리이치의 지적대로, '후진국'이나 '미개발 국가' 대신에 '개발 도상국'이나 '신생국'이라는 말을 쓰는 것이나, '차별 정책'이란 말 대신 '분리 정책'이라는 말을 쓰는 것은 단순한 완곡 어법이 아닙니다.

이것은 그 현상의 낙관적이고 진보적인 측면을 끄집어내고 비관적인 측면을 눌러버리기 위한 전략에 의해 선택된 명칭들입니다.* 다만 이때 우리가 유의해야 할 것은 그 선택의 정치적 논점을

---

\* 제프리 리이치, 「언어 의미의 기능과 사회」, 이정민 옮김(『언어 과학이란 무엇인가』, 이정민 · 이병근 · 이명현 편, 문학과지성사(1982)에 수록)

놓쳐서는 안 된다는 것입니다.

이 같은 예는 정치적인 경우에만 국한되지 않습니다. 좀 오래되긴 했지만 다음의 광고는 이 같은 말의 기교로 차고 넘칩니다.

1. 'ㅇㅇ식용유는 100% 콩으로 만듭니다.'
2. 'ㅇㅇ제지는 가장 나무를 많이 심는 기업입니다.'
3. '침대는 가구가 아닙니다. 과학입니다. ㅇㅇ침대'

이 세 광고 문안은 일차적으로 1) 다른 것을 섞지 않은 순수한 콩으로 만든다, 2) 환경에 이바지하는 기업이다, 3) 과학적인 설계를 한 제품이다 라는 의미로 읽힙니다(물론 우리는 이 말을 사실로 받아들입니다).

그런 그 이면에는 또 다른 사실이 숨겨져 있습니다. 1)은 그것이 순수한 콩이긴 하지만, 100퍼센트 수입 콩이라는 사실이고(식용유는 모두 수입 콩으로 만듭니다), 2)는 제지업이란 나무를 가장 많이 베는 업종이며(전 세계에서 벌목된 나무의 90퍼센트가 제지 공장에서 소모됩니다), 3)의 ㅇㅇ침대 회사는 오직 침대만을 만드는 단일 품목 회사(대개의 회사가 가구와 침대를 동시에 만드는데, 그들은 가구와 침대의 조화를 강조합니다)라는 점을 드러내지 않고 있습니다.

곧 이들 광고 문안은, 앞서 말한 대로 '낙관적이고 진보적인 측

면을 끄집어내고 비관적인 측면을 눌러버리기 위한 전략에 의해'
작성된 것입니다.

이처럼 언어의 기능은 단순히 정보를 교환하거나 설명하는 데
에 그치지 않고, 여러 가지 사회의 요구에 의해 다양한 전략적인
모습을 나타내고 있습니다. 수사학이란, 이 모든 언어의 전략적 선택
과 그 전략을 식별해내는 인식 능력을 포괄한다는 데에 그 중요성이 있습
니다.

이 같은 장황한 설명에도 불구하고, 수사라는 말에 덮어 쓰여진
불신의 장막을 죄다 거둬버리기에는 뭔가 미진한 구석이 있다고
생각하는 사람들을 위해 수사라는 말에 대한 뿌리깊은 불신의 역
사를 간추려보도록 하지요.

# 📖 논술은 하나의 시스템이다

　학생들은 하나의 글을 쓰기 위한 제재를 받게 되면 그것을 잘 정돈된 논제로 바꾸어 놓기 위해 그 제재를 발전시키는 일에 직면하게 됩니다. 만일 글로써 누군가를 설득해야 한다면 학생들은 그 제재를 이끌어 나갈 논법을 찾아내야 합니다.

　잘 알려진 대로, 설득하는 방법에는 '논증'과 '감동'이라는 두 가지 형태가 있습니다. 아리스토텔레스는 이를 세 가지 방향, 곧 청중의 관심과 신뢰를 얻기 위해 변론가가 가지는 성격(에토스ethos)과 청중들의 심리적 경향이나 욕구, 정서(파토스pathos), 그리고 논증이나 논거라는 합리적인 방향(로고스logos)으로 구별했는데, 에토스와 파토스가 '감동'의 측면에 있다면, 로고스는 논증에 있습니다. 두말 할 필요 없이 논술도 이성에 호소하는 형태입니다.*

---

* 감동에 호소하는 설득의 성공적인 사례를 우리는 아돌프 히틀러에게서 찾을 수 있습니다. 정치가이자 뛰어난 웅변가로 대중의 심리를 꿰뚫고 있었던 히틀러는, 과거의 많은 민중 선동가들이 그랬던 것처럼, 대중을 움직이려면 이성이 아니라 감성에 호소해야 한다고 생각했습니다. 그는 독일인의 분노와 두려움을 유대인에게 돌려, 유대인들은 독일 민족의 혈통을 더럽히는 자들이라고 비방함으로써 사람들의 증오심이 공동의 적을 향하게 만드는 닳고 닳은 수법을 교묘하게 사용했습니다.

자, 우리가 누군가를 설득하기 위해 이성에 호소하기로 결정했다면, 우리는 자신의 논법을 귀납적이거나 연역적으로 진전시켜야 합니다. 만약 어떤 이가 연역적으로 토론하려면, 그는 삼단 논법에 호소하거나 좀더 그럴싸하게 생략 삼단 논법*에 호소해야 합니다. 만약 어떤 이가 귀납적으로 호소하려면 그는 충분한 유도문과 예문을 준비해야 할 것입니다.

그러나 그것이 논리적이든 정서적이든 윤리적이든 간에 이 같은 호소의 방법을 택하기 전에 이미 우리는 말해야 할 어떤 것을 찾아내거나 만들어내야만 합니다. 그러나 대부분의 학생들은 그들이 부여받은 어떤 문제에 대해 아무런 생각도 가지고 있지 않거나, 단상에 불과한 불분명하고, 난삽한 생각의 덩어리를 끌어안고 있을 뿐입니다.

자, 바로 그런 학생들이 해야 할 일은 바로 자신의 생각을 이끌어 갈 무엇인가를 끄집어내고 발견하는 것입니다. 이를 수사학적 용어로 말하면, 바로 '창안'inventio'입니다.

그렇다면 창안이란 무엇을 말하는 것일까요? 창안이란 자신의 논거에 인간의 기본적인 욕구, 곧 설명하고 확신시키고, 비유하는

---

* 생략 삼단 논법이란 일반적으로 진실하거나 개연적인 전제를 토대로 일반적이 아닌 특수한 결론에 이르는 논법을 말합니다. 예를 들면, 아버지는 자식을 사랑한다(개연적인 전제), 철수는 아버지다, 그러므로 철수는 자식을 사랑한다(특수한 결론)는 논법입니다.

따위의 욕망을 충족시키는 행위를 말합니다. 따라서 창안에 어떤 기준을 둔다면, 담론의 네 가지 형식, 곧 설명, 논증, 묘사, 서사가 모두 포함됩니다.

그러나 창안은 대부분 설명적이고 논증적인 담론 속에서 눈에 띄게 드러납니다. 왜냐하면 서술적 묘사나 서사는 논거를 창안하기보다는 논거를 창조하는 경우가 더 많기 때문입니다. 모든 것은 이미 존재하므로 그것을 되찾아내기만 하면 되는 것입니다. 따라서 창안은 '창조적'이라기보다는 '추출적'이라는 표현을 얻게 됩니다.**

그렇다면 논거를 찾아내야 할 의무를 부여받은 학생들에게 필요한 자원은 무엇일까요? 한마디로 말하면, 그것은 기호로서의 경험입니다. 기호로서의 경험이란 해석된 경험을 말합니다. 곧 우리는 해석된 경험에 의해서 추리하고 인식하고 일반화합니다. 이 경험의 부류를 열거하면, 앞서 말한 바와 같이 학생들이 지금까지 받은 교육과 체험, 독서, 관찰 등이 모두 포함될 것입니다.

흔히 알고 있는 것처럼 가장 유용한 배경은 다양하고 폭넓은 교육입니다. 폭넓은 교육이야말로 논법을 창안해야 할 필요를 느낀 사람들에게 최선의 도움을 줍니다. 그러나 아시다시피 넓고 다양

---

** 롤랑 바르트, 「옛날의 수사학」, 김성택 옮김 · 김현 편 『수사학』(문학과지성사, 1992), 66쪽

한 경험과 교육 그리고 독서는 오직 시간과 노력의 산물입니다. 그렇다면 아직 충분한 학습과 경험의 혜택을 받지 못한 젊은 학생들(어디 학생들 뿐이겠습니까!)은 어떻게 해야 할까요?

학생들은 그 분명하지 않은 지식에 대해 비난받아야 할까요? 그들의 부족한 자원을 채워줄 수 있는 어떤 시스템은 없을까요? 수사학자들은 바로 논점topics 안에 어떤 하나의 시스템이 있다고 생각했습니다.

# ✏️ 아이디어의 제안자, 논점

수사학의 핵심 술어에 대해 이해가 깊은 사람이 보면 논점이란 단지 특별한 제재나 경우를 위해 뭉뚱그려진 논제에 속한 일반적인 항에 불과합니다.

그러나 피터 라무스*와 그 추종자들은 논점의 시스템이야말로 실제로 인간이 생각해낸 학습 방법의 부산물이라는 점에 주목하고 이를 논리학의 분야에 귀속시켰습니다.

인간의 의식은 물론 특수한 사물에 대해 반응합니다. 하지만 곧 그 특별함을 뛰어넘어 추상화하고, 일반화하고, 분류하고, 분석하고 또 종합합니다. 이 같은 인간의 의식의 경향을 고전 수사학자들은 논점으로 체계화했고, 피터 라무스에게 논점은 학습을 위한 비길 데 없이 훌륭한 시스템이었던 것입니다.

---

* 피터 라무스 : 16세기 프랑스의 학자. 고대 3학문(수사학, 신학, 논리학)이 서로 반복되고, 그 영역이 애매해서 가르치는 데 불만을 느낀 라무스는 수사학의 한 분야인 창안과 구성, 곧 발견과 배열을 논리학의 한 분야로 취급함으로써 수사학 연구에 큰 변화를 가져왔습니다.

예를 들어보겠습니다. A라는 꽃을 처음 보았을 때, 우리는 감각 기관으로 그것의 크기, 색깔, 냄새 따위를 인식합니다. 그리고 그 인식 기능을 통해 A라는 꽃은 이러이러하다고 말합니다. 곧 '정의' 합니다.

또 다른 인간의 의식 경향은 '비교'하는 것입니다. 이를테면, B라는 꽃을 또 발견했을 때, 우리는 A라는 꽃과 비교함으로써 B라는 꽃을 인식합니다. 사물들이 비교될 때 사람들은 비슷한 점과 다른 점을 발견합니다. 그 다름의 기준은 어떤 부류인가를 구분하고, 그 다름의 정도를 알아내는 일일 것입니다. 그러니까 학생들에게 어떤 문제가 주어졌을 때, 그것은 정의와 비교 같은 논점을 위한 하나의 기회가 되는 것입니다.

에드워드 코베트는 학생들이 논점을 어떤 제재에 대한 아이디어의 제안자, 프롬프터, 창시자, 일람표 쯤으로 생각한다면 논점에 대한 명쾌한 언급을 얻게 될 것이라며 다음과 같이 비유를 통해 설명하고 있습니다.

일반적인 범주에서 말하자면, 논점은 글의 전개를 위해 제안된 일반적인 전략에 의한 '최초의 펌프'이다. 그들은 관성을 극복하도록 돕는다. 마치 자동차 경주의 출발선에 선 레이서처럼 시동을 걸고 쉼 없이 엑셀레이터를 밟아댄다. 그리고 논점은 사고를 드러내는 한 경향을 취하게 되면 비로소 그 자신의 관성에 의해 앞으로 돌진한다. 논점의 기능을 명백하게 하는 앞 단락에서 우리가 사용한 용어의 하나는 일람표이다. 일람표라는 말은, 그 특별한 논점이 그 자신의 제재를 전개하기 위한 어떤 논거를 참조할 것인지 어쩐지를 스스로에게 물으며, 논점의 목록을 차례로 관통해나갈 것을 제안한다. 글을 쓰는 동안 학생들은 침착해야 한다. 학생들은 우연하게 무엇인가를 발견하게 될 것이지만 많은 유용한 논점 가운데 어떤 것은 자신이 의도한 상황에 적절하지 않을 것이다. 축구 감독은 선수를 교체할 필요가 있을 때만 선수를 벤치로 부른다. 모름지기 그 선수는 특별한 포지션을 위해 훈련된 적이 있거나 경기를 풀어갈 수 있는 특별한 상황에서 최선을 다할 수 있는 선수일 것이다.[*]

예나 지금이나 마찬가지겠지만, 학생들은 문제 해결을 위해 상황에 따라 적합한 논법을 올바르게 이끌어갈 수 있는 타고난 통찰력과 빠른 예견력이 떠오를 때를 마음 속에 그립니다. 그러나 같은 행위를 반복하면서 다른 결과가 나오기를 기대하는 것처럼, 학생들에게 우연하게 논법이 저절로 생각을 따라오는 행복한 조건

[*] Edward P.J. Corbett, 『Classical Rhetoric for the Modern Student』, 1990 by Oxford University Press, Inc., 95~96쪽

은 기대하지 않는 것이 좋습니다.

만일 꿈이 아닌 현실에서 그러한 일이 일어나기를 바란다면, 학생들은 어떤 문제를 풀어 가는 데 사용할 수 있는 논법에 관한 일반적인 경향들, 곧 논점을 공부해야만 합니다. 아리스토텔레스가 지적한 대로, 논점은 거의 완전하게 수사학에 속하는 수단입니다.

논점에 대한 공부를 더 진전시키는 일은 이제 우리 모두의 몫입니다. 그 등급을 한 단계 더 높이거나 우리의 논법을 더 특별한 지식에 의존할 때에 우리는 수사학의 문밖으로 나가게 됩니다. 그곳에서 바로 여러분들이 앞으로 공부해야 할 법률이나 문학, 역사, 윤리, 정치, 과학 같은 분야를 만나게 되는 것입니다.

# 실전을 위한
# 글쓰기 요령

## 실전을 위한 글쓰기 요령

지금까지 여러분들은 논점에 대한 여러 하위 개념들을 알아보았습니다. 여러분들이 지금까지 공부한 내용을 충분히 숙지했다고 가정을 했을 때, 그래서 실제로 어떤 제재가 여러분 앞에 주어졌을 때, 얼마나 많은 사람들이 자신이 공부한 내용들을 유용하게 사용할 수 있을까요? 이것은 분명히 사고와 글쓰기를 강조하고 지도한 사람들이 반드시 되새겨보아야 할 중요한 문제 가운데 하나입니다.

아마 어떤 제재를 부여받고 글쓰기를 시도하려는 사람들의 머리 속에는 그들이 공부한 논점의 하위 개념들, 이를테면, 정의, 유사성, 차이성 같은 말들이 무수히 맴돌고 있을 것입니다. 그리하여 믿음을 가지고 시간을 들여 공부했던 많은 개념들이 별 도움이

되지 못했다는 것을 깨달았을 때, 사람들은 다시 한번 당황하게 됩니다.

여기에는 어떤 문제가 있는 걸까요? 우리는 전쟁에서 사용해야 할 무기들의 종류를 구분했고, 그 특성을 공부했습니다. 그러나 싸움터에 나갈 때는 그것만으로는 안 됩니다. 자기가 소유하고 있는 무기의 성능과 위력을 적에게 아무리 상세히 설명한다고 해서 그들이 깜짝 놀라 달아날 리는 없지 않습니까? 우리는 필요에 따라 적재적소에 쓸 수 있도록 때로는 그 무기를 휴대하거나 이동시켜야 하며, 또 그것을 민첩하고 요령 있게 사용해야 합니다.

리처드 라슨은 이 비유를 논점의 공부에 적용시켰습니다. 그 방법은 바로 논점을 간단한 질문의 형식으로 만드는 것입니다. 우리가 공부한 논점들이 질문의 형식으로 다시 구성되었을 때, 그 질문이 가진 간편함과 즉각적인 반응을 유도하는 친밀감에 도움을 받게 될 것입니다. 우리가 기사 작성법을 공부하면서 익혔던 "누가, 언제, 어디서, 무엇을, 어떻게, 왜"라는 한 단어의 질문들은 바로 우리가 숙지해야 할 논점의 전략에 포함됩니다.

그는 학생들이 어떤 제재에 대해 글쓰기를 요청 받을 때 그들의 사고를 촉발시키는 논점을 찾기 위한 다음과 같은 일련의 질문들을 제시했습니다. 아마 부지런한 사람들은 제시된 질문들을 암기하려 애쓸 것입니다.

그러나 이 질문들이 모든 제재를 설명하는 데 반드시 유용하지는 않으며, 따라서 어떤 대상이나 제재에 따라 자기 스스로 만든 질문이 자신의 논법을 펴는 데 더 쓸모 있다는 사실을 곧 깨닫게 될 것입니다.

## 의견이나 설명을 요하는 경우

### 하나의 대상(실재하는)에 관한 글쓰기

- 그것의 명확한 물리적 특성(형태, 크기, 성질 등)은 무엇인가?
- 그것은 그것과 유사한 사물과 어떻게 다른가?
- 그것의 '변화의 범위'(처음처럼 그대로인지, 어느 정도 바뀌는지)는 어느 정도인가?
- 그것은 우리가 살면서 일찍이 보았던 다른 어떤 대상의 기억을 떠올리는가? 왜? 어떤 점에서?
- 그것은 어떤 관점에서 조사될 수 있는가?
- 그것을 이루고 있는 구조의 종류는 무엇인가?

- 그것은 다른 부분과 어떻게 함께 작용하는가?

- 그것은 다른 것과 어떻게 함께 놓이는가?

- 서로 다른 관계에 있는 한 부분과 어떻게 어울리는가?

- 그것은 어떤 구조(부류, 대상의 경로)에 속해 있는가?

- 누가 혹은 무엇이 이 형식 속에서 생산되는가? 왜?

- 누가 그것을 필요로 하는가?

- 누가 그것을 사용하는가? 무엇을 위해?

- 그것은 무슨 목적에 기여하는가? 이런 목적들을 위해, 그것
  은 어떻게 가치 평가를 받는가?


### 완결된, 또는 진행중인 사건에 관한 글쓰기

: 이 질문들은 장면이나 그림뿐만 아니라 드라마나 소설 작품
에 응용할 수 있다.


- 정확하게 무슨 일이 일어났는가?(연속적인 특성을 말하라. 누
  가? 무엇을? 언제? 어떻게? 왜? 누가 누구에게 무엇을 했는가? 왜?
  무엇 때문에 했는가? 어떻게?)

- 그 사건이 일어난 상황은 어떠했는가? 그 상황들은 그 사건
  이 일어나는 데에 기여했는가?

- 그 사건은 비슷한 사건과 어떻게 같거나 다른가?
- 그 사건의 원인은 무엇인가?
- 그 사건의 결과는 무엇인가?
- 그 일의 발생에서 무엇을 엿볼 수 있는가? 어떤 행동(가령 취해야 한다면)이 타당한가? 그것에 의해 어떤 영향(간접적으로)이 미쳤는가?
- 그것은 일반적인 조건에 관해 무엇을 드러내거나 강조하는가?
- 그것은 어떤 집단이나 부류의 탓으로 여겨지는가?
- 그것은 일반적인 의미에서 선한가 악한가? 그 판단의 기준은? 우리는 어떻게 그 판단의 기준을 가지게 되었는가?
- 우리는 그것에 관해 어떻게 알게 되었는가? 우리가 아는 정보의 당위성은 무엇인가? 그 당위성은 신뢰할 수 있는가? 우리는 그 당위성이 신뢰할 수 있다는(없다는) 것을 어떻게 아는가?
- 그 사건은 바뀔 수 있거나 피할 수 있는 일이었는가?
- 그것은 다른 사건과 무슨 관련이 있는가? 어떻게?
- 가령 있을 수 있다면, 그것은 무슨 구조의 종류로 여겨질 수 있는가? 그것은 무엇에 근거를 두는가?

## 추상적인 개념에 관한 글쓰기(예 : 종교, 사회주의)

- 당신의 경험과 상상 속에서, 특별한 대상이나 대상들의 집단, 사건들, 혹은 사건들의 집단은 어떤 단어나 단어들과 연관되는가?

- 한 대상이나 사건은, 그것에 개념의 이름을 붙이기 이전에 어떤 성격을 가지고 있었는가?

- 그 개념의 대상은 우리가 유사한 개념이라고 알고 있는 것과 어떻게 다른가?(예 : 민주주의와 사회주의)

- 그 용어는 당신이 읽어본 작가에 의해 사용된 적이 있는가? 그들은 그것을 어떻게 함축적으로 정의했는가?

- 그 단어는 '설득력 있는' 가치를 가지고 있는가? 또 다른 개념과 연관된 그 단어의 사용은 다른 개념을 찬미하는 듯이 보이는가 비난하는 듯이 보이는가?

- 당신은 그 개념 안에 모든 것들을 포함시키고 싶은 의향이 호의적으로 생기는가? 왜 그러며, 왜 그렇지 않은가?

## 여러 대상(실재하는)에 관한 글쓰기

: 이 질문들은 하나의 대상에 관한 질문들에 추가될 뿐만 아니라 추측컨대 집단 속에 있는 각각의 대상에게 물어질 수 있다.

- 정확하게, 그 대상들이 공통적으로 가지고 있는 것은 무엇인 가?
- 만일 그들이 공통적인 특성을 가지고 있다면, 그들은 어떻게 다른가?
- 만일 공통적인 성격을 가지고 있지 않다면, 대상들은 서로 어떤 관계인가? 이 같은 방법으로 그들을 집단화함으로 해 서 그들에 관해 무엇이 드러나는가?
- 그 집단은 어떻게 나뉘는가? 그 나눔의 근거는 무엇인가?
- 그렇게 될 수 있다면, 다양한 하위 집단 속에서 찾아질 수 있 는 상호 관계는 무엇인가? 이 상호 관계의 탐구에 의해 무엇 이 드러나는가?
- 같은 가정에서, 어떤 부류가 그 집단을 전체로서 대신할 수 있는가?

### 완결된, 또는 진행중인 여러 사건에 관한 글쓰기

: 이 질문들은 하나의 완결된 사건에 관한 질문들에 추가될 수 있다. 이 같은 질문들은 그 집단의 각각의 사건에 적용될 수 있다. 또한 이 질문들은 주로 픽션이나 드라마 같은 문학 작품에 응용될 수 있다.

- 이 사건들은 어떤 공통점을 가지고 있는가?
- 만일 사건들에 공통적인 특징이 있다면, 그들은 어떻게 다른 가?
- 한 사건은 서로 다른 사건(연대기적으로 연속해 있지 않다면)과 어떤 관계인가? 이 같은 방법으로 그들을 집단화함으로써 무엇이 드러나는가?
- 한 집단으로 묶였을 때, 그 사건들은 무엇을 드러내는가?
- 그 집단은 어떻게 분할될 수 있는가? 분할의 근거는?
- 여러 하위 집단 속에서 찾을 수 있는 가능한 상호 관계는 무 엇인가?
- 만일 그렇게 될 수 있다면, 그 사건들을 하나의 집단으로 묶을 수 있는 적합한 부류는 무엇인가?
- 그 집단은 단순히 유사한 사건들의 더 큰 집단과는 구별되는 다른 어떤 구조를 가지고 있는가?(그것은 더 포괄적인 연대기적인 연속체의 부분인가? 역사에 관한 어떤 결론에 주의를 기울이게 할 수 있는 하나의 증거인가?)
- 사건들의 집단을 되돌아보게 할 수 있는 전례는 무엇인가? 그들은 어디에서 찾을 수 있는가?
- 만일 그럴 수 있다면, 사건들의 집난이 함축하는 것은 무엇 인가? 그 집단은 어떤 행동을 유발시키도록 이끄는가?

# 설명이 이미 첨부된 경우

## 명제에 관한 글쓰기(증명하거나 반증해야 하는 진술)

- 그 명제를 믿게 하려면 읽는 이에게 무엇을 입증시켜주어야 하는가?
- 만일 그것이 가능하다면, 어떤 하위 명제가 그것을 의미없게 만들 수 있는가?(그것을 포함할 수 있는 더 작은 주장은 무엇인가?)
- 그 명제에 담긴 핵심어의 의미는 무엇인가?
- 그 명제를 명백한 결론으로 이끄는 추론의 방법은 무엇인가?
- 우리는 그 명제를 다른 유사한 명제와 어떻게 대조할 수 있는가?(적어도 우리가 거칠게나마 동일한 명제를 가졌다면, 우리는 그 명제를 어떻게 변화시킬 수 있는가?)
- 그것은 어떤 명제의 부류에 속하는가?
- 그 명제는 어떻게 포함되는가? 혹은 제한되는가?
- 만일 누군가 그 명제를 증명하려고 시도한다면, 쟁점은 무엇인가?

- 그 명제는 어떻게 예증될 수 있는가?

- 그것은 어떻게(어떤 증거의 부류에 의해) 증명될 수 있는가?

- 그 명제를 반박하기 위해서 무엇을 말할 수 있거나 말해야 하는가?

- 그 명제는 참인가 거짓인가? 우리는 그것을 어떻게 아는가?(직접적인 관찰, 당위, 연역, 통계, 그 밖의 다른 근거?)

- 왜 어떤 사람은 그 명제를 불신해야만 하는가?

- 그 명제는 무엇을 가정하는가?(그 명제는 어떤 다른 명제를 당연하게 여기는가?)

- 그 명제는 무엇을 함축하는가?(그 명제로부터 무엇이 이끌어지는가?) 어떤 부류의 행동을 취해야만 하는 다른 명제로부터 무엇을 이끄는가?

- 그것은 무엇을 드러내는가?(참인가, 의미인가?)

- 만일 그 명제가 하나의 예언이라면, 그것은 어떻게 가능할 수 있는가? 그것은 과거의 경험에서 비롯된 어떤 관찰 결과를 근거로 하는가?

- 만일 그것이 행동을 요구한다면, 그 행동이 이루어질 수 있는 가능성은 무엇인가?(무엇을 실행할 수 있는가?) 만일 실행할 수 있다면, 그 행동이 그렇게 하기로 되어 있는 것을 할 수 있는 개연성은 무엇인가?(그 행동은 어떤 일을 요구할 것인가?)

## 질문에 관한 글쓰기(의문문)

- 그 질문은 과거, 현재, 미래 가운데 어떤 시기와 관련되어 있는가?
- 그 질문이 가정하는 것(당연하게 여기는 것)은 무엇인가?
- 대답을 찾을 만한 자료는 있는가?
- 그 질문은 왜 제기되었는가?
- 근본적으로, 의심스러운 것은 무엇인가? 그것은 어떻게 시험될 수 있으며, 그 가치는 어떻게 평가할 수 있는가?
- 어떤 명제에 의해 그 대답이 진전될 수 있는가? 각각의 명제는 참인가? 만일 그것이 참이라면: 미래에는 무엇이 일어날 것인가? 그것으로부터 무엇이 일어날 것인가? 이 예언들 중에 어느 것이 가능한가? 있을 수 있는가? 결과적으로, 어떤 행동이 이루어지거나 피할 수 있을 것인가?[그 밖의 질문의 대부분은 '명제' 아래 있는 질문으로 응용할 수 있다]

참고문헌 ▌

아리스토텔레스, 『시학』, 손명현 옮김, 박영사(1975)

이정민·이명현·이병근 편, 『언어 과학이란 무엇인가』, 문학과지성사(1982)

I.A. 리처즈·C.K. 오그든, 『의미의 의미』, 김영수 옮김, 현암사(1987)

피터 딕슨, 『수사법』, 강대건 옮김, 서울대학교 출판부(1987)

자크 뒤부아 외, 『일반 수사학』, 용경식 옮김, 한길사(1989)

L. 비트겐슈타인, 『논리-철학 논고』, 이영철 옮김, 천지(1991)

김현 편, 『수사학』, 문학과지성사(1992)

박우수, 『수사학과 말의 힘』, 도서출판 대흥(1992)

J.F. 리오타르, 『포스트모던적 조건』, 이현복 옮김, 서광사(1992)

이태준, 『문장강화』, 창작과비평사(1993)

W.V. 콰인·J.S. 울리안, 『인식론』, 정대현 옮김, 종로서적(1993)

유협, 『문심조룡(文心雕龍)』, 최신호 옮김, 현암사(1993)

L. 비트겐슈타인, 『철학적 탐구』, 이영철 옮김, 서광사(1994)

리처드 퍼틸, 『논리적 사고』, 한상기 옮김, 서광사(1994)

라이오넬 루비, 『논리적으로 사고하는 기술』, 서정선 옮김, 서광사(1994)

김준섭, 『논리학』, 문학과지성사(1995)

박우수, 『수사적 인간』, 도서출판 민(1995)

쇼펜하우어, 『논쟁에서 이기는 38가지 방법』, 고려대학교 출판부(1997)

박우수, 『수사학과 문학』, 도서출판 동인(1999)

올리비에 르불, 『수사학』, 박인철 옮김, 한길사(1999)

박성창, 『수사학』, 문학과지성사(2000)

조르주 비뇨, 『분류하기의 유혹』, 임기대 옮김, 동문선(2000)

J. 크로스화이트, 『이성의 수사학』, 오형엽 옮김, 고려대학교 출판부(2001)

Aristotle, 『The Rhetoric of Aristotle』, Trans. E. M. Cope, revised and edited by John
　　E. Sandys. 3vols. Cambridge University Press, 1877

Edward P. J. Corbett, 『Classical Rhetoric for the Modern Student』, by Oxford
　　University Press, Inc., 1990

C. Brooks and R. P. Warren, 『Modern Rhetoric』, Harcourt Brace Jovanovich Inc.,
　　1979

鄭子瑜, 『中國修辭學史考』, 上海敎育出版社(1984)
　　　『文學 修辭 敎育』, 北京大學出版社(1994)

袁暉 · 宗延虎 主編, 『漢語修辭學史』, 安徽敎育出版社(1994)

참고논문 ▌

한계전, 「문학 교육과 수사학」, 『선청어문 7』, 서울사대(1976. 8)

김혈조, 「연암체의 성립과 정조의 문체 반정」, 성균관대 한문학과 석사논문(1981. 6)

최혜경, 「아리스토텔레스의 『수사학』에 관한 연구」, 연세대 신문방송학과 석사논문
    (1988. 6)

이일환, 「수사술의 본질과 내용」, 『현대문학』(1989년 7-8월호)

이어령, 「언술로서의 은유」, 『문학사상』(1989년 2월호)

황석자, 「수사학과 텍스트의 독해」, 『어문학 연구 2』, 효성여대(1989. 12)

심은섭, 「수사법 연구」, 『장안논총 9』, 장안전문대(1989. 2)

이대규, 「수사학 교육 : 독서와 작문교육의 내용과 방법」, 『부산사대 논문집-18』(1989.
    6)

양태종, 「수사학은 재주인가?」, 『언어와 언어 교육』, 동아대(1991. 12)
    「고대의 수사학 정의들에 대하여」, 『독일학 연구 8』, 동아대(1992. 12)

고영섭, 「불교 경전의 수사학적 표현의 연구」, 동국대 불교학과 석사논문(1992)

### 가라타니 고진(1941~ )

일본의 문학 평론가. 일본 효고 현에서 태어나 도쿄 대학 경제학부를 졸업하고 같은 대학원 영문과에서 석사 과정을 수료했다. 1969년 「나쓰메소세키론」으로 〈군상(群像)〉지 신인 문학상을 수상했다. 일본의 샤르트르라 부르는 요시모토 다카아키가 6,70년 일본 젊은이들의 지적 지도자였다면, 70년대 후반 이후에는 가라타니 고진이 그 뒤를 이었다고 할 수 있다. 인용문은 『윤리 21』(송태욱 옮김, 사회평론, 2001), 37-40쪽에서 발췌했다.

### 김현(1941~1995)

문학 평론가. 서울대 문리대와 동 대학원 불문과를 졸업했으며, 프랑스 스트라스부르 대학에 유학했다. 서울대 인문대 불문과 교수를 지냈으며, 주요 저서로는 『프랑스 비평사』 2권과 『현대 프랑스 문학을 찾아서』, 『바슐라르 연구』 등이 있으며, 『상상력과 인간』, 『사회와 윤리』, 『한국 문학의 위상』, 『문학과 유토피아』 등 다수의 비평집과 『김현전집』(문학과지성사)이 있다. 두 인용문은 모두 『분석과 해석』(문학과지성사, 1988)에 수록되어 있다.

### 레오 톨스토이(1828~1910)

러시아의 작가. 도스토예프스키와 함께 19세기 러시아 문학을 대표하는 거장으로 작가로서뿐만 아니라 현대 문명의 비평가로서, 인생의 교사로서 세계의 사상계에 이름을 떨쳤다. 주요 작품으로『안나 카레리나』,『부활』,『고백』등이 있으며,『전쟁과 평화』는 나폴레옹 전쟁 시대를 배경으로 수많은 등장 인물들의 생활이 파노라마처럼 펼쳐지는 그의 대표작이다.

### 롤랑 바르트(1915~1980)

프랑스의 대표적인 문학비평가이자 기호학자, 저술가. 소르본 대학을 나와 파리 국립과학원 연구원, 파리 고등연구실천학교, 콜레쥬 드 프랑스의 교수를 역임.『잠재태의 기술』,『신화지』,『유행 복장의 체계』,『기호학 요강』,『S/Z』,『사드 푸리에, 로욜라』,『텍스트의 즐거움』,『롤랑 바르트 그 사람을』등 영향력이 큰 저서를 발표했다. 인용한『사랑의 단상』(김희영 옮김, 문학과지성사)은 괴테의『젊은 베르테르의 슬픔』을 밑텍스트로 하여 사랑하는 사람이 그의 욕망의 대상의 미세한 움직임을 사랑의 언어를 통하여 그린 그의 말년의 가장 아름다운 산문이며 명상의 기록이다.

### 루드비히 비트겐슈타인(1889~1951)

철학자. 오스트리아의 비엔나에서 나서 영국 게임브리지에서 죽있다. 그는 분석 철학을 구성하고 있는 논리 실증주의와 일상 언어 철학의 두 사조에 깊은 영향을 준 20세기의 가장 독창적이고 영향력 있는 철학자 중 한 사람이다. 생전에 출간된 그의 저서는『논리─철학 논고』(이영철 옮김, 천지)가 유일하며, 사후에『철학적 탐구』(이영철 옮김, 서광사),『수학의 기초에 관한 비망록』, 『확실성에 관하여』 등이 출간되었다.

### 마틴 루터 킹(1929~1968)

미국의 흑인 침례교 목사. 1950년대 중반부터 암살 당할 때까지 미국의 민권 운동을 이끌었다. 그는 1963년 워싱턴에서 있었던 대규모 평화 행진과 같은 흑인들의 비폭력적인 투쟁을 주도하기 위해 남부 그리스도교 지도자 회의SCLC를 조직하면서 전국적으로 유명해졌다. 1964년 노벨 평화상을 수상했다. 1986년 미국 의회는 그를 기리기 위하여 1월 셋째 주 월요일을 국경일로 지정했다. 인용문은 『버밍햄 감옥으로부터의 편지』에 수록되어 있다.

### 미셸 투르니에(1924~ )

프랑스의 작가. 한때 철학자이자 독일 형식주의자였던 그는 레비스트로스와 바슐라르의 영향을 받아 문학으로 전향. 1967년 43세의 나이에 처녀작 『방드르디 또는 태평양의 연옥』을 발표해 아카데미 프랑세즈 소설 대상을 받았다. 이어 두 번째 작품인 『마왕』으로 콩쿠르상을 수상, 문단에 확고한 자리를 차지했다. 인용한 『생각의 거울』(이 책은 『상상력을 자극하는 110가지 개념』(이용주 옮김, 한뜻)이란 제목으로 출간됨)은 저자가 70세가 되던 해에 출간한 것으로 우리의 다양한 사고의 범주를 서로 상대되는 개념을 통해 설명함으로써 그의 문학적 사고의 깊이를 엿보게 한다.

### 베티 프리던

미국의 저술가. 여성 운동가. 스미스 대학에서 공부했으며, 여성 잡지에 기사를 쓰는 기고가로 활동했다. 1963년에 출판한 『여성의 신비』가 100만 부를 돌파하는 선풍적인 인기를 얻으면서 여성 해방을 위한 각종 사회 운동에 주도적으로 참여했다. 인용문은 『여성의 신비』(김행자 옮김, 평민사)의 「가사 노동의 증가」 부분에 수록되어 있다.

## 알프레드 테니슨(1809~1892)

영국의 시인, 로버트 브라우닝과 함께 빅토리아조 시단을 대표한 시인. 그의 대표작인 『만가 In Memoriam』는 친구의 죽음을 명상하면서 쓴 서정시로 당시의 사회는 이것을 종교와 과학의 집대성이라고 높이 평가했다.

## 아나톨리 라키토프

러시아의 철학자. 인용문은 그의 저서 『철학의 원리』(이 책은 『철학의 ABC』(김신현 옮김, 새길)란 제목으로 출간됨)에서 발췌했다. 이 책은 페레스트로이카의 정신에 입각하여 철학의 여러 문제를 시대에 맞게 재해석하려는 시도로 저술된 철학서로 러시아의 일반 대학생을 위한 철학 강좌의 교과서로 사용되고 있다.

## 오에 겐자부로(1935~ )

일본의 소설가. 일본 에히메 현에서 출생했고, 도교 대학 불문학과를 졸업했다. 사르트르, 카뮈의 영향을 받아 대학 재학 중에 소설을 발표했고, 1958년에는 「사육」으로 아쿠다카와 상을 수상했다. 그때부터 젊은 세대를 대표하는 작가로 급부상했다. 주요 작품으로 『개인적 체험』, 『만엔 원년의 풋볼』 등이 있으며, 1994년, 노벨 문학상을 수상했다.

### 제롬 스톨리쯔

미국의 대표적인 미학자. 하버드 대학에서 철학박사 학위를 받은 뒤 비어즐리와 함께 미학의 새로운 분야인 비평 철학을 개척했다. 인용한 『미학과 비평 철학』(오병남 옮김, 이론과 실천)은 미학과 예술 철학, 비평 철학을 공부하려는 학생들과 그들을 가르치는 강단의 교사들을 위한 입문서이지만, 미학에 관한 일반적인 교양의 함양뿐만 아니라 미와 예술 등에 관한 철학적 사고의 훈련까지 도모하고 있다.

### 존 단(1572~1631)

영국의 17세기 '형이상학파'의 대표 시인. 옥스포드와 케임브리지에서 수학. 20세기에 들어와서 엘리어트 등에 의해 영시가 흘러 내려온 주류 안에서 프랑스 상징주의 시인들에 버금갈 만큼 시적인 공로가 재평가되었다. 존 단의 시는 기상(奇想)과 일상적인 용어의 사용, 현대적인 감각으로 특징지어지며, 인용된 시는 『누구를 위하여 종은 울리나』(심명호 옮김, 민음사, 세계시인선 39)에서 전문을 볼 수 있다.

### 최인훈(1936~ )

소설가이며 극작가. 서울대 법대에서 수학했으며, 『광장』의 발표로 문학적 명성을 얻었다. 단편 「웃음소리」로 동인문학상을 수상했다. 주요 소설 작품으로는 『회색인』, 『구운몽』, 『태풍』 등이 있으며 「옛날 옛적에 훠어이 훠이」 등의 희곡도 있다. 작품집으로는 『최인훈 전집·12권』(문학과지성사)이 있다. 1994년, 장편 소설 『화두』를 발간하여 비평가와 독자들로부터 폭발적인 사랑을 받았다. 인용문인 「길에 관한 명상」

은 『꿈의 거울』(우신사, 1991)에 「안수길 소묘」는 『유토피아의 꿈』(『최인
훈 전집 11』)에, 「크리스마스 캐럴 5」는 『가면고/크리스마스 캐럴』(『최인
훈 전집 6』)에 각각 수록되어 있다.

## 토마스 헉슬리(1825~1895)

영국의 생물학자. 해양 생물을 조사, 연구하였으며, 다윈의 진화학설
을 지지하여 인간이 원숭이류에 기원한다는 설을 확립시켰다. 과학 교
육에 관심을 가졌으며, 과학 사상의 보급을 위해 힘썼다. 인용문은 그
의 주요 저서인 『과학과 문화』에 실려 있으며, 에드워드 코베트의 『현
대 학생을 위한 고전 수사학』에서 재인용했다.

## 한나 아렌트

독일에서 태어나 하이델베르크에서 칼 야스퍼스의 지도로 철학박사 학
위를 받았다. 1936년, 나치 독일을 떠나 프랑스에서 유태인 망명자를 도
왔으며, 41년 미국으로 건너가 캘리포니아, 시카고, 대학 등에서 강의를
했다. 주요 저서로는 『전체주의의 기원』, 『인간의 조건』 등이 있으며, 인
용문은 『어두운 시대의 사람들』(문학과 지성사, 1983)에 수록되어 있다.

## 헨리 데이빗 소로우(1817~1862)

미국의 저술가. 하버드 대학을 졸업했으나 안정된 직업을 갖지 않고 노
동으로 생계를 유지하며 글을 썼다. 그의 대표작 『월든』(강승영 옮김, 이
레)은 호숫가 숲에서 2년여 동안 자급자족하며 살면서 남긴 숲 생활의
기록이며, 자연의 예찬이며, 문명 사회에 대한 통렬한 풍자로, 오늘날

'세계 문학 사상 그 유례를 찾아볼 수 없는 특이한 책'으로 불리고 있다.

### 헨릭 입센(1828~1906)

노르웨이의 시인 극작가. 어려서 집안이 몰락하면서 스스로 생계를 해결해야 했다. 1851년, 본격적인 극작가 생활을 시작했으나 노르웨이에서의 생활에 환멸을 느끼고 1864년 이탈리아로 간 뒤 27년 동안 긴 유랑 생활을 하며 『인형의 집』, 『유령』 등의 희곡을 발표했다. 인용문은 『버지니어 울프 연구』(박희진 지음, 솔) 37쪽에서 재인용했다.

### 호르헤 루이스 보르헤스(1899~1986)

아르헨티나의 소설가, 부에노스 아이레스에서 태어났으나 주로 유럽에서 교육을 받았다. 단편 소설집 『픽션들』(1944)과 『알렙』(1949)으로 전 세계적인 명성을 얻음. 20세기 중후반의 모든 인문 과학 사조가 그로부터 출발했다고 평가될 정도로 소설뿐만 아니라 시와 에세이에서도 불후의 저작을 남겼다. 인용문은 『픽션들』(황병하 옮김, 민음사)에 수록된 「비밀의 기적」에서 발췌했다.

### E. H. 카아

영국의 사학자이자 외교관, 케임브리지 대학의 트리니티 칼리지를 졸업했다. 영국 외무부에서 20년 동안 외교관을 지냈으며, 이후에는 웨일즈 대학과 옥스포드 대학에서 정치학을 강의했다. 1955년에는 케임브리지 대학에서 역사학을 가르쳤다. 인용문은 그의 대표적인 저서 『역사란 무엇인가』(황문수 옮김, 범우사)에서 발췌했다.